가족이 희망이다

가족이 희망이다

민윤식 엮음
"행복" 복간위원회 대표

오늘출판사

가족이 희망이다

초판 1쇄 인쇄·2005년 6월 10일
초판 1쇄 발행·2005년 6월 15일

엮은이·민윤식
편집한이·박준서
펴낸이·이종천
펴낸곳·오늘

출판등록일·1980년 5월 8일 제10-104호
주소·서울시 마포구 도화동 340번지
전화·02-719-2811(대) 팩스·02-712-7392
홈페이지·www.oneul.co.kr
E-mail·oneull@netsgo.com
ISBN·89-355-0425-4 03810

남편의 지갑 속에 항상 오만 원씩은 넣어주고 싶어 하는 아내들,
아내의 생일날 근사한 레스토랑에 가서 풀코스 서양요리를 사주고 싶어 하는 남편들,
그리고 아들딸을 누구보다 사랑하면서도 표현하지 못하고 사는
이 땅의 모든 아버지 어머니들에게 이 책을 드립니다.

희망만 있다면 두렵지 않습니다

사는 것이 힘들다고 말하는 사람들이 많습니다.

그래서일까요?

우리 주변에는 자살자들이 상상하기도 힘들만큼 늘어났습니다. 이제는 텔레비전에서도, 신문에서도 자살 사건은 차라리 뉴스도 아니게 되었습니다.

왜 이렇게 단 한 번뿐인 소중한 삶을 포기하는 이들이 늘었을까요?

경제적인 이유도 있겠습니다. 시험과 학교 공부에 짓눌려 그만 인생을 포기하는 학생들도 있겠습니다. 아니면 죽도록 사랑하는 사람에게서 배신당한 이유로 목숨을 버리는 이도 있겠습니다.

그러나 그 이유를 캐다보면 한 가지 가장 중요한 원인을 발견할 수 있습니다. 그것은 바로 그들이 살아야 할 가치를 잃어버렸다는 점입니다. 다시 말하면 희망을 잃었기 때문입니다.

희망만 있다면, 실낱같은 것이라도 희망만 있다면 아무리 사는 것이 고달파도 살아갈 수 있습니다. 아무리 험한 지경을 겪더라도 꿋꿋이 일어

설 수 있습니다.

희망은 삶의 방향을 찾아주는 등불이요 힘이요 길 그 자체입니다.

가족은 희망의 씨앗입니다

물론 절망의 나락으로 처박히는 것을 구하는 일은 자기 자신이 해야 할 몫입니다.

그러나 자력으로 일어설 힘을 잃었을 때, 과연 누가 그를 일으켜 세울 수 있을까요? 하느님일까요? 부처님일까요? 친구나 학교선생님일까요?

이 질문에 대해 가장 확실한 대답은 '가족' 입니다.

가족은 절망의 뒷골목에서 좌절하고 헤매는 이에게 소생의 샘물을 먹여줄 수 있으며, 밝은 아침의 햇빛을 쏘여줄 수 있습니다. 왜냐하면 그의 장점을 가장 잘 아는 사람도 가족이고 약점을 가장 잘 파악하고 있는 사람도 가족이기 때문입니다. 그래서 가족은 무촌(無寸)인 것입니다.

가족은 또한 절망을 희망으로 바꾸는 연금술사입니다. 무슨 특별한

재능이 있어서가 아니라 '가족'이라는 튼튼한 끈이 곧 최고의 테크닉
으로 사람을 변화시킬 수 있기 때문입니다.

그러나 요즈음은 이렇게 훌륭한 운명공동체인 가족의 연대감도 많이
변질되고 있어서 안타깝습니다. 세상의 모든 희망이 가족으로부터 시
작되고 있다는 사실을 잊고 사는 분들이 너무너무 많습니다.

'행복행' 희망열차를 타십시오

그래서 우리는 1996년부터 2000년까지 5년 가까이, 절망적인 삶에
서 희망을 되찾아가는 가족들의 이야기를 소개하는 잡지 "행복"을 발
행했었습니다. 이 작은 잡지 속에는 우리 이웃의 평범한 아버지와 어머
니, 형제자매, 연인과 부부, 친구들이 살면서 빚어내는 땀과 사랑과 우
정의 이야기를 담았었습니다.

그러나 정성이 모자라고 열정이 부족했음인지, 우리는 이 좋은 잡지
를 지켜내지 못하고 5년째 발행을 중단하고 있습니다.

다시 "행복"을 살려내라고 이메일로, 전화로, 편지로 재촉하는 독자

들의 격려와 성화에 용기를 얻어 우리는 다시 복간을 준비하고 있습니다. 이 아름다운 독자들의 채찍으로, 잡지 "행복"보다 먼저 이 책이 태어난 셈입니다. 3년 동안 "행복"에 소개된 몇 천 편의 이야기들 중에서 지금 다시 읽어도 잔잔한 감동이 밀려오는 글들을 가려 뽑은 것이기 때문입니다.

　세상의 모든 분들이 희망을 되찾고 힘차게 살아가셨으면 하고 소망하며 책을 엮었고 그분들이 모두 행복해졌으면 합니다.
　우리는, 이 책을 읽고 '가족이 희망' 임을 깨닫는 분들이 다만 몇 분이라도 늘어나서 그분들이 모두 행복으로 가는 희망열차에 타셨으면 좋겠습니다. 그렇게만 된다면 우리가 다시 "행복"을 펴내려고 준비하는 일도, 그 준비작업으로 이 책을 엮어내는 일도 전혀 무의미한 일은 아니라고 생각합니다.

2005년 여름에
엮은이

차 례

부부

형제 자매

그리고 친구

아버지

아름다운 아버지 마음

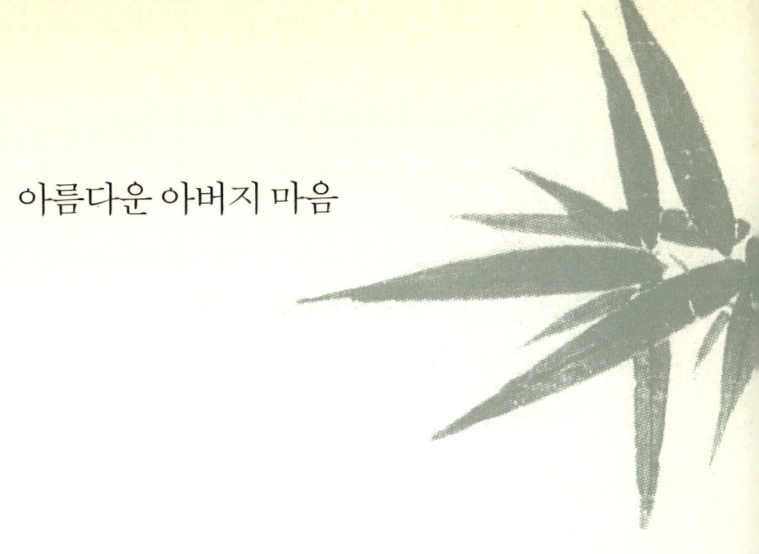

아침에 일어나자마자 우리 가족은 습관적으로 공복에 우유를 마시는 버릇이 있었다. 그러나 최근에 들어 우유 구경을 할 수가 없었다. 그러던 중, 새벽에 목욕 준비를 하던 나는 굵직한 아버지 음성을 들었다.

"다음부터는 절대 이러지 마십시오."

정중한 타이름이었다. 안방 문을 열고 아버지를 보았더니, 아버지는 대문을 향해 시선을 두고 계셨다.

새벽 5시 반쯤 항상 일어나시는 아버지는 밖에서 강아지가 으르렁대는 소리를 들으셨다고 한다.

아버지는

'혹시 우유가 없어지는 일이?'

하는 생각으로 창문을 열고 현장을 잡으려고 하셨는데, 노인 한 분이 서툴게 보자기에서 우유를 꺼내고 계셨다는 것이다.

아버지께서는 그분이 창피해하실까 봐

"다음부터 그러지 마십시오."

라고 조용히 말씀하셨다.

　그러나 그 이후에도 우유는 계속 없어졌다. 너무 상습적이라서 화가 날 지경이었다. 아무리 불쌍한 노인이라 하더라도 너무 심한 것이 아닌가 하는 생각이 들었던 것이다.

　다음날 6시쯤, 어김없이 우유를 들고 바쁘게 뛰는 할아버지를 목격하게 된 나는 어디서 뵌 분 같다는 생각이 들었다. 아하, 금방 생각이 났다! 그 분은 동네에 버려진 폐품 등을 수거하여 생계를 유지하는 분이셨다. 멀쩡하게 건강하고 일도 있는 분이 새벽에 남의 집 우유를 훔친다는 게 정말 못마땅했다.

　아버지는 말리셨지만 내가 나서서 우유를 끊어버렸다. 당연히 우유가 없으니 그 할아버지는 우유를 훔칠 일이 없어진 것이다.

　결국 우유 사건은 잠잠해졌다.

　그런데 며칠 전 새벽에 나는 우유 보자기가 묵직한 걸 보았다. 열어보니 또 우유가 들어있는 게 아닌가.

　나는 화가 나서 우유 대리점으로 전화해서 항의했으나 자기네는 우유를 배달하지 않았다는 것이었다.

　그 비밀은 쉽게 풀렸다. 범인(?)은 아버지였다. 아버지는 집으로 들어오시는 길에 우유 한 병을 꼭 사 오셔서는 그 노인을 위하여 우유 주머니에 넣어 놓고 주무시는 것이었다.

　우리 집 우유는 아직도 매일 없어진다.

(김선아)

아버지와 복권

오늘 친구 이야기를 듣는 순간 나는 아버지가 문득 떠올랐다.

친구의 아버지는 복권을 좋아하신다고 한다. 그것도 한 순간에 결과를 알아버리는 즉석 복권이 아니라 1주일을 기다려 복권을 맞추는 복권 말이다.

친구는 그런 아버지가 이해되지 않는다며 투덜거리지만 그녀도 나중엔 알게 될 것이다.

지금은 그러한 모습들이 부질없어 보이고 괜한 욕심이라 생각되겠지만 먼 훗날 아버지의 자리가 비는 날, 그러한 아버지의 모습이 가장 먼저 떠오른다는 것을 말이다.

어릴 적 주말마다 TV에서 하는 복권 추첨을 봐야 했던 시절이 있었다.

복권에 대한 관심 때문이 아니었다.

관심은커녕 복권에 대해서는 눈곱만큼의 호기심도 없었다. 다만 추첨된 숫자를 적어 두어야 한다는 아버지의 엄명에 의한 의무적인 행위였을 뿐이다.

　더군다나 만약 낮잠을 자는 바람에 시간을 놓친다거나, 잠시 다른 일을 하다가 숫자 적기를 놓쳐버리기라도 하면 그 날은 무슨 큰 죄라도 지은 듯 아빠 얼굴을 쳐다볼 수가 없었고 당연히 아버지께 호된 꾸지람을 들어야했다.

　그러기를 몇 년. 이젠 복권 맞추는 일이 일상생활이 되어버렸고 나름대로의 노하우도 생겼건만….

　아버지는 그렇게도 꿈꾸던 1등 당첨에의 꿈을 접은 채 돌아가셨다.

　간경화라고 했다. 아버지의 유품을 정리 하다가 수첩을 펼쳐 보게 되었다.

　수첩엔 최근의 복권 한 장과 함께 이렇게 쓰여 있었다.

　'복권이 또 당첨되지 못했다. 당첨이 불가능에 가깝다는 건 알지만 이렇게라도 해서 고생하는 은선이 엄마와 은선이를 행복하게 해 주고 싶은 심정이다.'

　사업 실패로 술을 많이 드셨고 그러면서 자신 때문에 고생하는 식구들에 대한 보상으로 일확천금을 꿈꾸셨던 아버지는 아버지의 운으로 복권이 당첨될 수 있다고 믿으셨던 걸까?

　지금 생각하니 지푸라기 하나라도 붙잡으려는 심정이었으리라 생각된다.

　복권 추첨 숫자를 적어 놓지 않은 나에게 심한 꾸지람을 하신 것도 실은 그것이 아빠의 무능함에 대해 스스로에게 뿜어대던 화였음을 이제야 깨달은 나.

이젠 그런 일들을 안 해도 되니 오히려 홀가분해야 할 텐데 어쩐지 마음이 무겁다.

내일은 나도 복권을 한 장 사야겠다.

주말까지 조금은 흥분된 심정으로 아버지의 마음을 조금은 느껴 보고 싶다.

(함은선)

만 원짜리 다섯 장

남편은 지갑에 5만 원 씩 넣고 다녔으면 좋겠다고 말한다. 그러면 퇴근 길에 아내와 아이를 위해 피자도 사 들고 올 수 있고 만원버스 속에서도 어깨를 딱 펴고 서 있을 수 있겠다는 것이다.

그리 허황된 희망도 아니련만 남편의 지갑은 언제나 2만 원을 넘지 못한다. 매주 받아가는 용돈이 2만 원씩이고, 그것도 월요일에만 해당되는 이야기이다. 어쩌다가 살짝 남편의 지갑을 보면 달랑 천 원짜리 두 장이 들어앉아 있을 때가 허다했다. 그래도 남편은 구두쇠 아내인 나에게 불평 한 마디 하지 않는다.

아무것도 없이 시작한 결혼 생활이었다. 대출금 갚고, 적금 붓고, 보험료 내고, 이리저리 쪼개 쓰고 나면 언제나 빠듯한 살림살이인 줄 남편이 누구보다 잘 알고 있기 때문이다.

속 모르는 남편 친구들은 늦게까지 어울리지 않고 돌아서는 남편에게 가끔씩 공처가 운운하며 놀리기도 한다는 소리도 들었다. 당구장이다 볼링장이다, 목 축이러 한 잔 하러 가는 호프집이다, 노래방에 갈 때도 언제나 천 원짜리 몇 장뿐인 빈 지갑을 들고 그들과 함께 어울리기엔 남편은 그리 넉살 좋은 편이 못된다.

그러나 우리는 지금 행복하다. 빈손으로 시작한 첫걸음이니 삼십 고개에 이 정도가 무슨 고생이랴. 남들처럼 여기저기 손 벌리지 않으니 떳떳하고, 전세방이지만 대출금만 갚으면 당당히 우리들의 보금자리가 될 것이니 흡족하다.

우리는 거북이처럼 살기로 했다. 느린 걸음이지만, 한 걸음 한 걸음 쉬지 않고 걷다보면 언젠가는 약삭빠른 토끼를 제치고 산등성이에 먼저 깃대를 세울 수 있으리라. 인생은 장거리 경주이니 이제 겨우 반을 지나왔을 뿐이다.

가끔은, 아주 가끔씩은 내일을 잊고 싶은 유혹을 받을 때도 있다. 남편이 월급봉투를 받아들고 오는 날이다. 그런 날이면 우리들은 제각각 멋진 꿈들을 꾸곤 한다.

남편은 아마도 친구들을 불러내어 호탕하게 술대접을 하고 싶어 할 것이다. 또 회사에서 점심시간에 치고 있는 낡은 탁구 라켓을 새 것으로 바꾸고 싶을 것이다. 난 늘 눈요기로만 보아두고 지나왔던 까만색의 윤이 나는 리본 블라우스를 사고 싶다. 그리고는 멋지게 차려입고 근사한 레스토랑에 들어가 풀코스의 정식 요리를 맛볼 것이다. 집에 돌아오는 길엔 향기 좋은 자줏빛 국화꽃을 한 아름 사 들고 오리라.

이것이 남편과 내가 한 달에 한 번씩 꿈꾸어 보는 부유한 삶의 풍경이다. '억억' 하는 사람들은 코웃음을 칠 이야기리라.

그래도 나는 행복을 믿는다.

오늘도 나는 언젠가는 남편의 검은 지갑에 빳빳한 만 원짜리 다섯 장을 꼭 넣어 줄 날이 오기를 꿈꾸고 있다.

(이난희)

자장면

　어린 시절에는 자장면은 엄마 따라 시장에 나왔다가 엄마를 졸라야만 겨우 먹을 수 있었던 고급 중에서도 아주 최고급 음식이었다. 집이 시골이었던 나는 동생과 함께 엄마를 따라 장에 나오면 어김없이 중국집 앞에서 실랑이를 벌이곤 했었다. 엄마는 조금만 참았다가 집에 가서 밥을 먹자고 우리를 달래다가 결국은 늘 들어가곤 하셨다.

　그러나 엄마는 자장면을 드시지 않았다. 매번 중국 음식은 좋아하지 않는다고 하시며 허겁지겁 급히 먹던 우리에게 단무지만 집어 주곤 하셨다.

　초등학교 5학년 때였던가. 그래도 철이 좀 들었다고 어릴 적처럼 엄마를 붙잡고 조르지는 않았지만 여전히 중국집 앞을 지날 때는 엄마 눈치를 살폈다. 엄마는 그것이 오히려 마음이 아프셨던지 한 시간이나 남은 버스 시간을 기다리기 지루할 것이라며

　"자장면 사줄까?" 하셨다.

　나와 동생은 누가 먼저랄 것도 없이 동글동글한 구슬로 엮어진 발이 줄

줄이 쳐진 중국집으로 앞 다투어 들어갔다.

늘 앉던 자리에 가서 앉고는 동생이 익숙하게

"아저씨, 자장면 두 그릇이요!"

했다.

나는

"엄마도 먹자. 엄마가 한 번도 안 먹어봐서 그렇지 자장면 맛있어. 오늘은 세 그릇 시키면 안돼?"

했더니

"아니야. 엄마는 됐어."

하셨다.

그러면 우리가 같이 한 그릇 먹을 테니 한 그릇은 엄마가 드시라고 했더니 이제 철이 들어가는구나 싶으셨던지 엄마는 환하게 미소를 지으며 내 머리를 쓰다듬어 주셨다.

잠시 후 김이 모락모락 나는 자장면 두 그릇과 함께 단무지가 나왔다. 내가 엄마 앞으로 한 그릇을 놓아 드리자 엄마가 자리에서 일어나시며

"둘이 먹고 있거라. 엄만 시장 덜 본 게 있어서 마저 보고 올게."

하시며 나가시기에 그런 줄로만 알았다. 우리는 엄마는 정말 자장면이 싫은 줄로만 알았다.

동생과 함께 자장면을 다 먹어 갈 무렵 엄마가 돌아오셨다. 늘 그랬듯이 엄마 손에는 까만 봉지 하나가 들려 있었다. 막 일어서려는데 엄마가 자리에 도로 앉으시더니 접시에 남아있던 단무지를 맛있게 드시는 거다.

'엄마가 단무질 좋아하셨나? 좀 더 남길 걸 그랬네.'

난 참 바보였다. 아무리 어려도 그렇지, 엄마가 자장면 한 그릇 값 아끼려고 배고픔을 참으셨다가 집에 돌아가서 찬밥에 물 말아 신 김치랑 드신다는 것을 그때 진작 알았어야 했는데.

몇 년 뒤 중학생이 된 나는 엄마와 함께 시장에 나왔다가 친척 아주머니를 만났다. 마침 끼니때가 되었으니 점심을 사겠다며 호의를 베푸시는 아주머니를 따라 들어간 중국집에서 나는 자장면 한 그릇을 맛있게 다 비우는 엄마를 보았다.

그때 역시 엄마도 이제 자장면이 맛있나 보다, 그렇게 여길 만큼 순진했으면 좋으련만 난 이미 철이 들대로 들어서 그 동안 엄마가 왜 자장면을 드시지 않았는지 다 알아버린 것이었다. 순간 맛있게 먹었던 자장면이 가슴에 콱 메어오는 느낌이었다.

엄마는 정육점으로 들어가 돼지고기를 한 근 사셨다. 늘 우리가 자장면을 먹던 날 엄마 손에 들려 있었던 까만 봉지에 그 고기가 담겨 있었다. 엄마는 들일에 지쳐 계실 아버지가 마음에 걸리셨고 연로하신 할머니가 마음에 걸리셨던 게다.

그제서야 나는 우리가 자장면을 먹는 날이면 엄마 손에 항상 들려있었던 검은 봉지의 정체를 알게 된 것이다.

(김수희)

숨겨둔 남편 통장

내 친구 영주는 심장병 환자였다.

그래서인지 어린 시절부터 영주는 달리기 하거나 몸을 많이 움직이는 놀이에는 늘 빠졌다. 학교에서도 체육 시간이면 늘 나무 그늘에 앉아 다른 아이들이 운동하는 모습을 지켜보기만 했다.

영주는 스물 둘인가 셋인가 하는 나이에 수술을 받았다. 직장 생활을 해 모은 돈으로 받은, 일곱 시간에 걸친 대수술은 영주의 가슴에 큰 흉터를 남겼으나 수술은 성공적이었다. 영주는 퇴원하는 날, 다시 태어나는 기분이라며 기뻐했다.

그러나 우리가 몇 살씩을 더 먹어 결혼할 나이가 되었을 때, 영주는 교제하는 남자로부터 번번이 퇴짜 아닌 퇴짜를 맞았다. 결혼 이야기가 나올 때쯤이면 영주는 수술한 이야기를 해야 했고, 그러면 남자 쪽에서는 몸을 사리며 멀어지곤 하는 것이었다.

"그래, 난 혼자 살 거야. 가슴에 이 흉터를 아무도 모르게 나 혼자 안고 살 거야."

작은 체구의 영주가 더 작고 쓸쓸해 보였다.

그런 영주가 얼마 전에 시집을 갔다.

"성실하고 착하고 유머 감각도 뛰어나고…, 참 괜찮은 남자야."

형부가 반 강제로 소개시켜 준 어떤 남자를 몇 번 만난 뒤, 얼마 후 결혼식을 올린 것이었다.

몇 달 후, 집들이 초대를 받아 몇몇 친구들과 함께 영주의 조그만 아파트를 찾아갔다.

시끌벅적한 저녁 시간이 끝나고 우리는 아파트 베란다에 서서 밤하늘을 보며 모처럼 둘만의 시간을 가졌다.

"너 몸 약하다고 구박은 하지 않니? 너한테 잘해 주니?"

내가 농담처럼 묻자 영주는 슬며시 웃으며 그간의 일을 이야기 해 주었다.

결혼하기 전에 영주는 지금의 남편이 된 남자에게 이렇게 말했다고 한다. 자기는 심장병 환자였으며 수술해서 다 나았지만 가슴에는 꽹장히 큰 흉터가 있다. 지금이라도 늦지 않았으니 결혼에 대해 다시 한 번 생각해 보라고.

그러나 남자는 괜찮다고, 사랑하니까 그런 건 상관없다고 했다.

결혼 날짜도 잡고 혼수 준비를 했단다. 영주는 가난했으므로 꼭 필요한 살림만 마련하는 일도 벅찼다. 하루는 그 남자가 통장을 하나 건네주며 전세 얻을 돈 뺀 나머지라고 하며 혼수 준비에 보태라고 했다. 고맙고 또 고마웠다.

며칠 후 영주는 우연히 그 남자에게 또 다른 통장이 있다는 것을 알게되었다. 거기에는 지난번에 건네준 통장에 있는 것보다 더 많은 돈이 들어 있었다.

'그런데 이건 왜 안 보여주었을까?'

영주는 조금 섭섭했지만. 며칠 후 자연스럽게 물을 기회가 있어 농담삼아

"나 몰래 딴 주머니 차려고 그래요?"

그랬더니, 쑥스러워 하며 남편이 말하더란다.

"그거 말이야. 영주 씨가 나중에 혹시…, 혹시 말이야. 병이 재발하면 병원비로 쓰려고 비상금으로 마련해 둔 거야."

영주는 감격했다. 그리고 세상에서 제일 행복한 여자가 된 기분으로 남자 품에서 엉엉 울 수밖에 없었더란다.

영주는 지금 연년생인 두 아들의 엄마가 되어 행복하게 살고 있다.

(박정아)

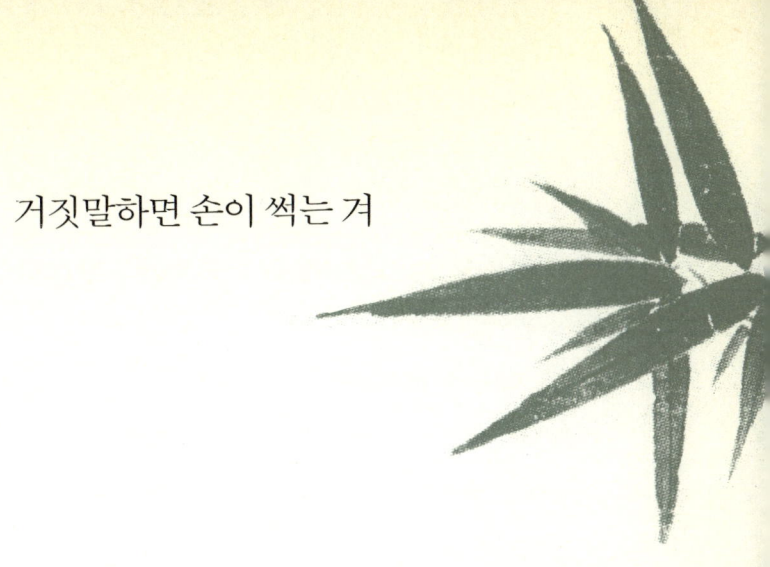

거짓말하면 손이 썩는 거

딸만 넷인 우리 집에서 난 장녀로 태어났다.

넉넉하지 못한 살림인지라 항상 우리 네 자매는 과자는 고사하고 10원 짜리 돌 사탕 하나에도 목숨을 걸고 싸워야 했다.

초등학교 6학년 때였다. 어린 막내의 생일이 다가오고 있었다.

큰언니로서 선물을 사주고 싶었지만 돈이 없었다. 엄마에게 특별한 일 이 아니면 돈을 타는 일이 없는 나로서는 선물은 꿈도 꿀 수가 없었다.

그런데 토요일이라서 일찍 집으로 돌아온 나는 엄마가 찬장 어딘가에 돈을 넣어두는 것을 목격한 것이다. 우연히 그것을 본 나는 한참을 망설 이다 돌이킬 수 없는 엄청난 짓을 저지르고야 말았다. 처음엔 그냥 한 번 보자는 맘으로 지갑을 열었는데, 나도 모르게 지폐 한 장을 꺼내어 주머 니에 넣고는 부엌을 빠져나와 허겁지겁 돈 감출 곳을 찾았다.

그러다가 생각한 것이 우리 집 뒤 담벼락 밑에 돈을 묻고 표시를 하는 것이었다.

'내일은 읍내에 가서 생일 케이크를 하나 사야지.'

하고 생각하면서도 걱정이 앞섰다.

아침부터 엄마는 얼굴이 어두웠다. 엄마는 우리 넷을 모두 모이라고 하셨다.

'드디어 올 것이 왔구나.'

라고 생각한 나는 안절부절 못하며 엄마 앞에 섰다. 동생들은 엄마의 심각한 얼굴에 영문을 몰라 했다. 난 떨려서 엄마의 얼굴을 제대로 볼 수가 없었다. 엄마의 목소리가 들려왔다.

"어제 우리 집에 도둑놈이 들었는갑다. 근데 이상한 게 십만 원 중에서 딱 만 원만 가지고 간기라. 이상하제? 너거들은 우째 생각하노. 도둑이 든기가, 아니면 너거들 중에 한 명이 가꼬간기가?"

우리가 한참동안 아무런 응답이 없자 엄마는 더욱 흥분해 몽둥이를 들었다.

난 사실을 말하고 싶었지만 무서움이 앞서 말할 기회를 번번이 놓치고 말았다.

한 시간 가량을 우리들은 엄마에게 시달렸고 동생들은 이유 없이 맞아야 했다. 그러다 엄마는 문득 둘째를 가리키며

"니가 갖고 갔제?"

그러시는 것이다. 평소 씀씀이가 헤픈 둘째가 걸리고 만 것이다.

엄마는 우리 셋은 구석에 제쳐두고 둘째에게 돈을 가지고 오라고 야단을 치셨다. 억울하게 누명을 쓴 둘째는 울며불며 아니라고 엄마에게 손이 발이 되도록 빌었고, 한쪽 구석에서 난 가슴이 아파 견딜 수가 없었다.

너무 맞아서인지 동생은 코피까지 흘렸다.

그 모습을 보고 엄마도 가슴이 아팠는지 몽둥이를 거두시며 많은 이야기를 하셨다. 그리고 나가시더니 작은 항아리 하나를 들고 오셨다.

"이것은 마술 항아리다. 거짓말을 하면 손이 썩는데이. 한 명씩 항아리에 있는 물에다가 손가락을 담갔다가 빼고 한 시간 안에 누군지 이야기해라."

한 시간 안에 얘기를 안 하면 살이 썩어서 식구들과 같이 살지 못하고 동네에서도 쫓겨난다는 게 엄마의 얘기였다. 그런데 이상한 것은 정말 살이 누래지는 것이다.

그때서야 진짜라는 생각이 들면서 난 겁이 나기 시작했다. 손가락은 시간이 갈수록 따끔거렸다. 그럴수록 난 속에서 불이 당기는 것같이 화끈거렸다. 이제 살이 썩기 시작하는구나 하고 생각하니 미칠 것만 같았다.

참다못한 나는 울음을 터뜨렸다. 그런 나를 동생들은 이상한 눈으로 나를 쳐다보았다.

엄마는 그제서야 내가 범인인지를 아신 듯했다. 엄마는 조용히 동생들에게 나가 있으라고 말을 했다. 난 계속 눈물을 흘렸다. 미안해서 그런 것도 있지만 우선은 살이 정말 썩을까봐 걱정이 되어서였다.

잠시 후 엄마는 대접에 물을 떠오시더니 손을 씻으라고 하셨다. 난 정말 살이 썩을까봐 계속 손을 담그고 있었다.

엄마는 아무 얘기도 하시지 않았다. 돈 얘기도.

그해 막내 생일엔 케이크도 사고, 빵도 사고, 가지각색의 튀김도 직접 만드셔서 생일잔치를 차려주셨다.

지금도 그날 얘기를 하면 둘째는 흥분을 감추지 못한다. 그래서인지 난 요즘도 둘째에겐 용돈을 많이 주는 편이다. 그때를 생각하면 너무 미안하기 때문이다. 아! 그리고 그 때, 그 마술 항아리의 정체는 바로 조선간장이었다.

요즈음 엄마는 많이 허약해지셨다.

그 옛날에 몽둥이를 휘둘러대던 엄마를 떠올려보면 그때 그 시절이, 생활 형편이 나아진 지금 보다 그립다.

(문지옥)

세상에서 가장 귀한 선물

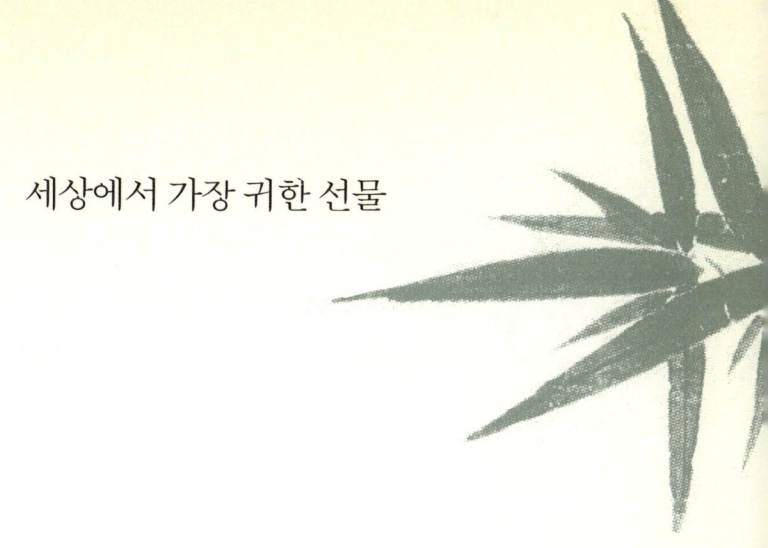

엊그제까지만 해도 따끈한 햇살이 수줍은 목덜미를 간질이더니 금세 변덕스런 스산한 바람이 우리의 깃을 세우게 한다.

이맘때가 되면 나는 그 해 겨울이 생각나곤 한다.

열두 자짜리 운동장 같은 넓은 방.

재산이라야 달랑 가방 두 개 뿐.

뼛속까지 사정없이 휘몰아치던 바람.

그이와 나는 가진 거라고 가난 밖에 없었다. 스물한 살 그이와 내가 살아보겠다는 의지와는 달리 세상은 호락호락 하지 않았다.

직장도 마음대로 구할 수가 없었다. 나는 그 이를 선택한 대가로 친정 부모와 형제들을 모두 잃어야만 했다. 그이 역시 가난한 농가의 자식으로 태어나 비벼볼 언덕 하나 없는 천하의 알거지였다.

사랑 하나로 허기진 배를 채우고 서로의 체온으로 연탄불을 대신하던 그 해 겨울은 유난히 길고도 추웠다.

12월 어느 날 그이의 절친한 친구가 예고도 없이 불쑥 찾아왔다. 마침

쌀이 떨어져 버려 라면으로 식사를 대접했다. 시베리아 벌판 같은 방에서 뽀얀 입김을 내뿜어가면서 그이의 친구는 우리의 고단한 삶을 위로하고 격려해 주었다.

몇 달 방세가 밀리자 방을 비워달라는 주인아줌마의 성화가 빗발쳤다. 슈퍼의 외상마저 더 이상 할 수 없게 되었다. 우리의 고단한 인생길은 앞이 보이지 않을 만큼 처절하고 황량했다.

그이와 나는 백방으로 직장을 구하기 위해 뛰고 또 뛰었다. 마침내 십이 월 하순에 우리는 드디어 직장을 구해 놓고 집으로 돌아왔다.

그런데 텅 비어있을 방 안에는 다소곳이 자리를 잡은 쌀 한 말과 연탄 오십 장이 우리를 기다리고 있었다. 뒷모습만을 남긴 채 바람처럼 황급히 골목으로 사라져가던 그이의 친구가 보낸 선물이었던 것이다.

요즘 세상살이의 잣대로는 이해가 안 될 것이다. 우리는 그이 친구가 마련해 준 쌀과 연탄을 살림밑천으로 정말 열심히 살았다. 물론 지금은 행복하다고 자신 있게 말할 수 있다.

그때 그 시절의 쌀 한 말과 연탄 오십 장. 이 세상 어느 선물보다도 값나가는 선물이 아닐 수 없다. 우리의 자존심을 지켜 주기 위해 지금도 발뺌을 하고 있는 그이 친구에게 우리는 고마움 그 이상의 표현을 못하는 것이 안타깝다.

(김종우)

다섯 마리 돼지 지우개

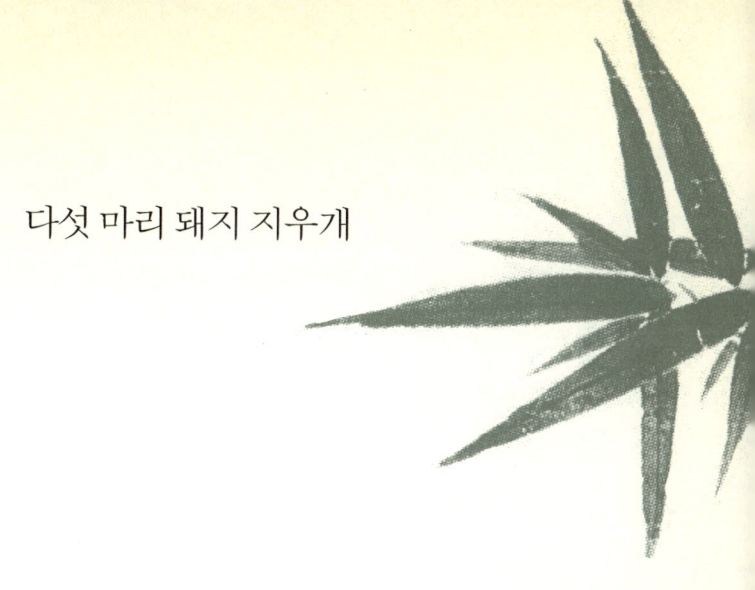

　나는 이미 결혼한 아주머니이지만 20년의 세월을 지닌 연필 지우개를 가지고 있다.

　그러니까 막내 동생은 나와 여덟 살 차이가 난다.

　막내는 내가 초등학교에 다닐 때는 기저귀를 차고 누워 있었고, 중학교에 들어갔을 때는 노란 가방을 매고 유치원을, 내가 고등학교에 입학한 후에야 초등학교에 들어갔다.

　그렇게 나이 차이가 많다보니, 막내 동생이라기보다는 더 애틋한 감정이 있었다고나 할까. 아무튼 사랑을 독차지하는 귀염둥이였는데, 그런 동생이 하루는 행방불명이 되었다. 그것도 내 생일날에.

　한낮부터 보이지 않던 동생은 해질 무렵까지도 집에 들어오지 않았다. 식구들은 친구네 집, 놀이터 등 막내가 갈만한 곳을 찾아 헤매느라고 난리도 아니었다.

　동생을 찾아 가족들이 동네 곳곳으로 헤어져 나섰는데, 동생을 처음 발견한 것은 나였다. 학교 근처 문방구 앞에서 서성이고 있는 키 작은 막내를 내가 본 것이다.

　"막내야! 어디 있었니? 집에서 얼마나 찾고 있는데, 지금까지 어디 있었던 거야, 응?"

　막내는 그러나 아무 대답도 없이 그 고사리 같은 손으로 작은 상자를 내밀었다.

　"누나, 선물이야. 생일 축하해."

　막내가 내민 것은 작은 상자였다.

　"돈이 모자라서 마음에 드는 걸 못 샀어."

　나는 막내가 얼마나 꼭 쥐고 있었는지 따뜻하게 데워진 상자를 열었다.

　빨 주 노 초 파랑색의 다섯 마리 돼지 지우개가 앙증맞게 들어 있었다.

　"오백 원 주고 산거야."

　라고 막내는 가격까지 얘기하고는 내 손을 잡는다. 나는 막내를 보면서 어리다고만 생각했던 아이가 누나의 생일이라고 이런 생각까지 했구나, 내 생일 선물을 사려고 오백 원을 들고 지금까지 문방구 옆을 서성였구나 생각하니 가슴이 뭉클해졌다.

　막내의 마음이 너무나 예쁘고 소중하게 느껴지며 돼지 다섯 마리는 사랑이 되어 내 가슴 속으로 들어왔다.

　까불지도 않고 말수도 적었던 막내가 건네준 다섯 마리 돼지 지우개.

　그 돼지 지우개는 행여 소중한 사랑이 닳아 없어질까 아까워 쓰지 못한 채 20년의 세월이 지난 지금도 내 장롱 속에서 보물로 자리 잡고 있다.

(안윤숙)

말라버린 엄마 젖

　자세한 것을 전혀 기억해 낼 수 없는 어린 시절에서도 한결같이 느껴지는 바람이 있었다면 그것은 엄마의 부드러운 눈길과 내 마음을 쓰다듬어 줄 것 같은 자상한 말 한 마디였다.

　그러나 대가족의 뒤치다꺼리로 언제나 바쁘기만 했던 엄마의 사랑은 늘 요원하기만 했다. 가끔 볼 수 있었던 엄마의 서글서글한 기쁜 표정과 부드러운 눈초리는 어린 남동생들을 바라보는 시선에서였을 뿐이다.

　그때의 부러움을 나는 말없이 속으로 삼키곤 했었다. 그러나 지금 생각해 보면 경상도식의 무뚝뚝함과 직선적으로 욕 잘 하시는 엄마의 성격은 다른 형제들에게도 마찬가지였을 것이다. 그 중 내가 유독 감성적이었기 때문에 항상 바쁜 엄마의 사랑을 독차지하려고 했는지도 모른다.

　그것은 연년생이었던 언니로 인한 소외감으로 외로웠던 유년시절의 기억에서도 마찬가지다. 남동생과의 터울이 8년이니 나의 어린 시절 기억은 늘 언니와 함께였다.

어릴 적 외할머니 댁에서 살던 우리는 집안 잔치가 있을 때도 부모님이 언니만 종종 데리고 가, 사진 속에는 언니의 모습만이 자주 보인다. 지금 생각하면 우습지만 내 모습이 안나온 사진은 나를 늘 새침하게 만들었다.

흰 눈이 솔솔 내리는 겨울에 배달된 고소하고 따뜻한 목장우유도 안 먹겠다는 언니에게는 억지로 먹이려고 애쓰면서도 바라보고 있던 나에겐 남는 우유만이 돌아 왔었다. 그 때의 우유 맛은 지금도 잊을 수 없을 만큼 고소했다.

흰 칼라를 곱게 풀 먹인 교복을 입고 등교하는 아침에도 엄마는 일찍 일어나 밥과 라면을 같이 준비했다. 밥을 싫어하는 언니를 위해 노란 계란을 위에 얹은 라면을 끓여 내놓았던 것이다. 그러나 스쿨버스 시간 십분 전에 꼭 정거장에 서 있어야만 하는 성미의 언니는 늦었다고 안 먹고 가기 일쑤였다. 그러면 내가 대신 먹고 부지런히 뛰어 간다. 스쿨버스는 아직 안 오고 언니는 다른 상급생 언니들하고 섞여서 그 자리에 서 있었다.

그러던 어느 날은 또 시간이 없다고 언니가 뛰어 나가자, 보다 못한 엄마는 라면이 담긴 노란 냄비를 들고 버스 정류장으로 같이 뛰었다. 나도 서둘러 따라가 보니 언니는 라면 냄비를 들고 정류장까지 나온 엄마가 창피하다고 울고 있었고, 엄마는 왜 그렇게 밥을 안 먹고 속을 썩이느냐며 잔소리를 하고 있었다. 검정색 교복을 입은 다른 남학생들과 여학생들은 물끄러미 그 광경을 보고 있었다. 그때 나는 처음으로 창피했지만, 밥을 안 먹으면 엄마가 내게도 저렇게 애를 태우며 쫓아 왔을까 하는 의

문을 가지기도 했었다.

그런 언니는 부러움의 대상이었고 나는 가끔 질투의 화신이 되곤 하면서 어린 시절을 보냈다. 그러면서도 나는 불과 한 살 차이의 언니지만 언니에 대한 투정이 없었다. 오히려 언니가 잘 먹는 것이 있으면 신기해서 바라보고, 엄마처럼 언니에 대해 보호 본능을 느끼게 되었다. 그러다 보니 자연히 우리들의 상하 관계는 뒤바뀌어서 누가 언니인지 동생인지 본인들도 어떨 때는 착각할 정도였다.

그러던 내 마음이 사십이 넘은 최근에 들어서면서 부쩍 옹졸해짐을 느꼈다.

아이를 키워 놓고 언니와 함께 조그만 음식점을 운영하면서 좌충우돌 충돌하는 일이 많았다. 친한 사이일수록 동업은 하지 말라고 했던가. 항상 언니 같았던 내가 먼저 토라져버린 것이다.

흰 얼굴에 제법 미인 소리를 듣던 언니는 항상 아팠다. 급기야는 대장을 들어내고 소장으로 생활을 하는 형편이니 말이 동업이지 가게 일은 거의 나 혼자서 감당해야만 했다. 더군다나 언니는 몸이 아프다보니 성격도 괴팍해져서 툭 하면 직설적인 대화가 오갔다.

그러다 보니 잡음이 생기기 시작하고 결국은 가게 문을 닫게 되었다. 어릴 때와 같은 언니에 대한 보호 본능은 사라지고, 다시는 언니하고의 일로 내 가슴에 손해와 분노로 채우는 일은 없으리라는 마음만 가득 찼다.

가게를 정리하는 날 엄마가 오셨다.

어릴 적부터 연년생으로 자라며 툭탁거리는 두 딸이 또 염려되었던 모양이다. 가게를 정리하고 시골집으로 모셔다 드리려고 고속도로로 들어섰다. 밖에는 여름 장마 비가 장대같이 내리고 있었다.

"야야, 니가 다 참고 언니한테 좀 잘해 주그라."

뒷좌석에서 들리는 엄마의 목소리에 나는 갑자기 참았던 분노가 폭발하는 듯 했다.

"똑 같은 딸인데 엄마는 왜 나한테만 참으라는 거야. 엄마가 자꾸 그러니까 내가 더 힘들잖아요!"

이제까지 고분고분하게 말 잘 듣던 작은딸이 갑자기 반항하는 것을 보고도 엄마는 의외로 담담하였다.

"니는 아무리 그래싸도 니 언니보다는 낫데이. 그 가시나 낳고 채 백일도 안돼 니가 덜컥 들어서는 바람에 젖이 말라 들어가, 고마 얼라가 입이 짧아 암죽은 안 먹고 꼭 지에미 젖만 찾아가 배가 곯아 다 죽었다 아이가. 그래가 윗목에 지푸라기 덮어 치아 놓고 담날, 아 송장 치울라캤는데 문디가 새벽에 앵! 소리 내며 살아난기 여직까지 온기라."

엄마는 어린 딸을 살리려고 잠도 안 자고 이집 저집으로 젖동냥 다니다가 당신이 늑막염에 걸렸던 일, 비실비실한 큰딸 아래로 태어난 나는 풍부한 엄마 젖을 마음껏 먹고 저절로 잘 자라더라는 얘기, 그러니까 나는 아무리 언니 때문에 힘들어도 내가 더 나은 거라는 이야기들을 마치 어제 일처럼 털어놓으셨다.

몇 번은 죽을 고비를 넘기며 근근이 살아온 언니가, 커서도 저렇게 배 안의 것을 잘라내고 먹을 것도 제대로 못 먹고 사는 것이 불쌍하지 않느냐는 엄마의 절절한 소리가 한없이 옹졸해진 내 마음속으로 옥죄어 들어왔다.

다 엄마 젖 때문이라는 말이다. 언니의 성격이 저렇게 괴팍해진 것도 나 때문에 엄마 젖을 못 먹고 자란 허약 체질에서 나온 것이고, 눈에 보이게 편애를 한 엄마도 젖을 못 먹인 첫 자식에 대한 애틋함에서 나온 모성이라는 말이다.

남의 새끼 다 빨아먹고 난 빈 젖을 빨다가 양이 안차 칭얼대는 애를 업고 그냥 올 때는 속이 상해 엄마도 애처럼 울었단다.

자식이라는 멍에는 젖줄이 말라붙고 허리가 구부러졌어도 생고구마의 단면처럼 뽀얀 녹말을 가슴속에서 계속 방울방울 짜내게 하는가보다.

엄마 등에 업혀 젖엄마네 집에 갔다가 젖을 못 얻어먹고 나오자, 애타게 몸을 뒤로 젖히며 젖엄마의 집을 가리키는 어린 언니의 모습이 눈앞에서 맴돌았다.

차창 밖의 윈도우브러시는 열심히 움직이고 있었지만, 내 눈에서 흐르는 비가 계속 시야를 가리고 있었다.

(최찬희)

아가야, 봄이 왔단다

선천성 심장병을 가슴에 안고 태어난 소중한 나의 분신을 생각할 때마다 나의 가슴은 마구 저며진다.

예정일보다 일주일은 늦게 태어난 아이가 몸무게 미달로 인큐베이터 안에 들어갔을 때 나쁜 상황을 예견했어야 했는지 모른다.

"우리 아이가 심장병이다!"

남편의 입술 사이를 비집고 나오던 이 말이 얼마나 미웠던지, 땅이 흔들리는 것 같은 그런 충격이었다.

심장병이 있는 아이는 어느 정도가 지나면 성장을 멈춘다고 한다. 그런데 우리 아가의 경우는 그 시기가 너무 빨랐다. 대부분 1년까지는 보통 아이와 비슷하게 성장을 한다는데, 우리 아이는 뱃속에서 벌써 성장을 멈췄으니 말이다.

2킬로그램을 갓 넘은 아가는 너무 작아서 만지기가 두려울 정도였다. 또한 숨을 가쁘게 쉬고 식은땀을 자주 흘려 무척 안쓰러워 보였다.

처음 아이가 있던 보름 동안(당시는 아직 병명을 모르고 있었다) 아이에게 모유를 먹이기 위해 젖을 물렸을 때의 그 서러움을 난 기억한다.

아이는 숨이 가빠 몇 모금 빨지 못하고 나가떨어졌다. 그 아이를 보며 나는 절망에 가까운 슬픔을 느껴야 했다. 앙증맞은 입술이 내게 닿았을 때의 기쁨은 이미 어디로 사라지고 난 후였다.

처음 퇴원한 지 3일 만에 다시 입원을 했다.

여러 가지 검사와 병 때문에 아이는 자꾸 핏기를 잃어갔다. 나의 마음은 차츰 타들어가기 시작했다. 생명을 유지하기 위해 강심제, 이뇨제, 감기약 등 많은 약은 계속 아이의 몸속으로 들어갔다. 나는 아기가 이렇게 많은 약을 먹는 것이 걱정스러웠다.

태어난 지 두 달이 넘도록 예방 접종을 하나도 하지 못해 외부와의 접촉도 여간 조심스러운 게 아니었다. 석 달 동안 400그램밖에 더 크지 않은 데다가 상태도 좋지 않아 3킬로그램도 되지 않은 상태의 위험을 감수하고 내 아이는 수술실로 들어갔다.

예정보다 수술 시간이 길어졌다. 초조해졌다.

수술 시간을 두 시간 더 넘긴 후에 아이는 중환자실로 옮겨졌다. 수술 중 정지되어 있던 심장이 혈관을 연결한 후에도 제대로 뛰지 않아 시간이 더 걸렸다는 것이다.

중환자실에서 처음 아이를 본 순간 난 내 눈을 의심할 수밖에 없었다.

퉁퉁 붓고 시뻘겋게 된 아이가 내 아이라니. 너무 흉측했다. 천사처럼 곱던 아이가 이렇게 변하다니, 가슴이 미어졌다. 마취가 깨어나지도 않은 상태인데도 보통 6개월 이전에 수술을 한 경우에는 아이의 부담을 줄이기 위해 일부러 재우기 위해 마취약을 계속 투여한다고 했다.

다행히 이틀간은 상태가 좋은 듯싶었다. 그런데 부정맥이라는 복병이 우리를 향해 돌진해왔다. 부정맥은 심장 이탈을 한 후에 생길 수 있는 부작용인데, 맥박이 고르지 않아 심장에 굉장한 무리가 된다고 했다. 심장을 정지시킬 정도로.

그 후 4일간은 피를 말리는 시간이었다. 하루에 두 번 있는 면회 시간은 혹시나 하는 기대와 역시나 하는 실망이 교차하는 시간이었다.

수술한 날 이후로 남편은 아이가 병실에 올라올 때까지는 집에 가지 않겠다고 계속 병원에 있었다. 그러면서 아이가 병마와 싸워 이겨서 무사히 우리의 품으로 돌아오기를 기원했다.

나는 자주 중환자실 앞을 방문했다. 아이의 침대에서 가장 가까운 벽에 손을 대고 아이에게 말을 건네었다. 응원가를 불러주기도 하고. 그냥 나의 목소리를, 아니 마음을 듣고 내 아이가 기운을 내주기를 바라는 심정이었다.

시간이 흐르자 자꾸 불안한 생각이 나를 짓눌렀다. 아니라고 고개를 흔들면서도 슬며시 고개를 드는, 혹시나 하는 생각에 마음은 곤두박질치곤 했다. 더구나 면회를 갔다가 한 아이가 죽는 장면을 목격한 후로는 더 불안했다.

이런 나에게 남편은 든든한 버팀목이었다. 하나만이라도 긍정적인 것이 있으면 희망은 있다는 그에게 나도 점점 동화되었다.

'그래 하나만 괜찮아도 희망은 있는 거야.'

라고 생각을 긍정적으로 돌렸기 때문일까. 부정맥이 시작된 지 4일이 지나자 횟수가 좀 줄어들기 시작했다.

세상을 다 준다 해도 그때보다 기쁘지는 않았을 것이다.

중환자실에 있는 모든 기구를 사용하던 아이는 더디기는 했지만 시간이 흐르면서 하나씩 기계를 제거해갔다. 그 중에서 호흡기를 뗀 것이 나는 가장 다행스러웠다.

고통에 못 이겨 우는 아이가 호흡기 때문에 소리는 내지 못하고 두 눈에 눈물을 가득 담은 채로 소리 없이 우는 모습은 차마 보지 못할 장면이었다.

호흡기를 뗀 후 병실로 올라오기만을 기다리던 순간, 또 하나의 복병이 우리를 기다리고 있었다. 폐에 공기가 찼다는 것이다. 바람을 빼기 위해 폐에 호스를 다시 끼웠다. 생살을 찢고 호스를 끼운다고 하던데 얼마나 아팠을까. 할 수만 있다면 내가 대신 아프고 싶었다. 이러기를 두세 차례.

드디어 우리 아이가 병실로 올라왔다. 예상하지 못하던 일이기에 더 반갑고 기뻤다. 오랜만에 보아서 그런지 더 작아진 것 같은 아이를 안기가 왜 그리 조심스럽던지. 처음 아이를 안는 것 같은 설렘마저 느낄 수 있었다.

일주일 정도 병실에 더 있다가 우리는 세 번째 퇴원을 했다. 나의 보금자리에 있다는 사실이 이렇게 편하고 아늑할 수 있다는 것을 예전에는 미처 몰랐었다.

나는 아이를 재우기 위해 모차르트의 조용한 선율을 벗 삼아 침대에 누워있을 때면 '이런 것이 행복이구나' 라는 생각이 절로 들었다.

아직도 일주일 단위로 병원에 가서 건강을 체크해야 한다. 언제 나타날지 모르는 수술의 후유증을 파악하기 위해서.

심장 수술은 워낙 부담이 큰 수술이라 후유증도 어마어마하다고 한다. 그래서 아직까지는 괜찮은 편인데도 안심을 하지 못하고 있다. 아니 더 큰 불안을 가슴에 숨기고 있는지도 모르겠다.

하지만 그 불안은 나를 더 강하게 만든다. 혹시 모를 위험으로부터 아이를 보호하기 위해서 엄만 언제나 든든하게 서 있어야 하므로.

입춘이 지났다. 따뜻한 봄이 우리에게 다가오는 것이다.

태어난 후 계속 겨울 속에서 살고 있는 내 아이에게도 머지않아 봄은 올 것이라 믿는다.

병원의 세상만 알고 있는 내 아이에게 만물이 피어나는 새봄의 아름다움을 알게 하고 싶다.

(박경미)

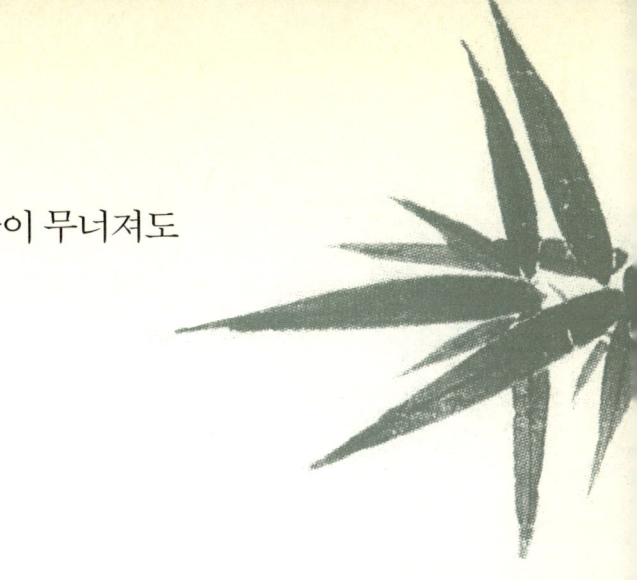

하늘이 무너져도

지금이 IMF 때보다도 더 어려운 경제난이라고 한다. 도산하는 회사가 부지기수요 구조 조정이다 뭐다 하여 직장에서 떨려 나오는 사람이 몇십 몇 백만 명이라고도 했다.

한때는 그저 남의 일이려니 하고 생각했던 이 말이 내 가정에까지 파고들어 내 자신이 겪어 보니, 이젠 이 말만 들어도 가슴이 섬뜩하고 몸서리가 쳐진다.

내 남편은 어느 중소기업의 1.5톤 트럭 운전사였다. 비록 새벽에 나가서 며칠씩 들어오지 못할 때가 더 많을 만큼 힘들고 고된 일이었지만 남편은 힘든 내색 한 번 하지 않고 휴가 한 번 내지 않을 만큼 열심히 일했다.

아마 작년 12월 초순부터였던 것 같다. 매일 새벽같이 출근하던 남편이 어느 날부터인가 늦은 아침이 돼서야 출근하고, 밤이면 술에 만취해서 들어오는 날이 많아졌다. 난 혹시나 하고 걱정이 되었지만 남편은 일이 없어서 늦게 출근하는 거라고 날 안심시키곤 했다. 의심이 되긴 했지만 회사 사정을 잘 모르는 나로서는 그저 나의 노파심이겠거니 하고 마음을 놓고는 했던 것이다.

그러던 어느 날 남편의 직장동료에게서 전화가 걸려왔다.

"제수씨, 많이 힘드시죠? 조 기사는 잘 있나요? 그냥 얼굴에 철판 깔고 다니면 될 텐데, 남들 다 해고당하는데 자기만 살아남을 수 없다고 그렇게 사표를 내다니, 무모한 것 같기도 하고, 하긴 언제 해고당할지 모르니 그 편이 나을지도 모르겠지만요."

더 이상 그 분의 말이 귀에 들어오지 않았다. 하늘이 무너지는 기분이 이런 거구나 싶었다.

남편은 평소에도 불의를 그대로 두고 보지 못하는 성격이다 보니, 동료들이 해고 당하는데 자기만 살아남는다는 게 괴로웠던 모양이었다.

눈앞이 캄캄하고 어떻게 살아야 할는지 막막했다.

남편과 나는 둘 다 부모님이 안 계시다. 도움을 청할 만한 친지들도 없었다. 오로지 형제들만 있어 지금까지 시동생들 뒷바라지 하느라고 모아둔 돈도 없는데, 이제부터 월급 타고 보너스 타면 저축하려고 했는데….

더군다나 나는 지금 만삭의 몸이 아닌가. 너무나 당황스럽고 걱정이 되니까 눈물조차 나오지 않았다. 남편은 차마 내게 회사를 그만 두었다는 말을 못하겠던지 평소대로 출근하고 퇴근하고 있었다.

매일 아침 남편은 어디로 가는 것일까?

TV에서 본 것처럼 거리를 헤매거나, 만화방 아니면 다방에 앉아 차 한 잔으로 하루를 보내는 것은 아닌지 별의별 상상을 다 해보았다. 하지만 차마 묻지 못하고 매일 출근하는 남편의 뒷모습만 안쓰럽게 바라볼 뿐이었다.

그렇게 한참을 보내고 나서 나중에는 밖에서 남편이 보낼 쓸쓸한 시간들이 남편에게도 나에게도 힘겨워졌을 때 내가 용기를 냈다.

"자기 나한테 할 말 없어?"

"뭐? 없는데."

짤막한 대답이었지만 너무나 기운이 없게 들렸다. 나는 더 이상 남편 혼자서 괴로운 시간을 보내게 해서는 안 된다는 생각이 들었다.

"자기, 회사 그만뒀다면서? 잘했다 뭐. 매일같이 새벽에 나가서 집에도 못 들어오는 게 싫었는데, 더 좋은 곳이 있을 거야. 젊은데 무슨 걱정이야."

남편은 구김살 없는 내 말이 의외였는지 말을 잇지 못하고 딴 곳만 바라봤다.

울고불고 어떻게 해야 되겠냐고 매달리고 싶었지만 남편은 나보다 훨씬 더 괴로우리라는 걸 알고, 또 태어날 아기를 위해서라도 용기를 잃지 말아야겠다는 생각이 들어서 한 말이었다.

그런데 말을 하고 나니 오히려 내게 오기가 생기는 것 같았다.

남편도 그런 내 마음을 이해했는지 직장을 구하기 위해 동분서주 열심히 뛰었다.

"무슨 일이든 못할 일이 어디 있겠어? 나, 앞으로 우리 가족이 따뜻하게 지낼 수 있다면 일의 귀천을 따지지 않고 열심히 할 거야. 당신 말처럼 난 아직 젊다구."

그 뒤로 남편은 전처럼 술에 취해 늦게 들어오지도 않았다. 그리고는 직장을 구하기 위해 무척 애를 썼다.

그러나 당장 닥쳐온 금전 문제는 고스란히 우리의 의지를 압박해왔다. 지금까지 부모님이 안 계신 시동생들의 뒷바라지로 빠듯한 월급, 모아둔 돈도 없어 당장의 생계조차 어려울 지경이었다.

하루 식사를 하고 교통비를 마련하는 것조차 어려워지자, 남에게 아쉬운 소리를 잘 못하는 나였지만 용기를 내어 평소 친하게 지내던 옆집 아주머니께 사정을 얘기했다.

부탁할 곳이라고는 그 곳밖에는 없었다. 그러나 부탁하기는 했지만, 별 기대를 하지는 못했는데, 뜻밖에도 아주머니는

"내가 급할 때 쓰려고 남편 몰래 들어놓은 적금이 있는데, 그걸 빌려줄게. 다 같이 어려운 시기에 이렇게라도 서로 도우며 살아야 하지 않겠어?"

라고 하시면서 선뜻 돈을 빌려주셨다.

너무 감사했다. 이 불경기에 자신도 넉넉지 않은 살림에 적금을 해약까지 해가며 빌려주시다니, 나라면 어림도 없었을 텐데.

그 마음이 눈물겹게 고마웠다. 이런 온정이 있는 한 아직까지 세상이 그리 어둡지만은 않다는 생각이 들었다.

아주머니에게 용기를 얻은 나는 가만히 있을 수 없어 여기저기서 부업거리를 얻어와 일을 하기 시작했다. 그전까지만 해도

'이까짓 거 해봐야 몇 푼이나 된다고'

하면서 거들떠도 보지 않던 일이었다. 하지만 지금은 그 몇 푼이 얼마나 소중한지 깨달은 것이다.

이젠 불우이웃돕기를 하는 곳도 쉽게 지나치지 못한다. 그들이 얼마나 절박할 수 있는지 알기 때문이다.

드디어 남편은 열심히 뛰어다닌 보람으로 임시직이지만 조그만 회사에 다니게 되었다. 힘들고 어려워도 나한테 말도 하지 못하던 남편의 얼굴이 밝아지고 허리띠를 졸라맨 덕분인지 고마우신 이웃집 아주머니의 빚도 갚을 수 있게 되었다. 태어날 우리 아기에게도 절망이 아닌 희망을 보여줄 수 있게 된 것이다.

끝까지 절망하지 않고 길을 찾는다는 것이 얼마나 중요한지 새삼 깨달았다.

(박영미)

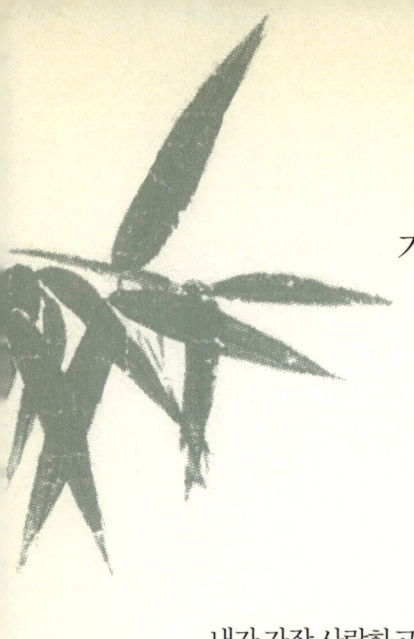

가난 속에서 깊어진 사랑

　내가 가장 사랑하고 존경하는 분은 부모님이다.

　세상에 제 부모를 사랑하지 않는 자식도 없겠지만, 우리는 너무 가난했기에 서로를 더 깊고 아프게 사랑하지 않았을까 생각한다.

　내세울 만한 것이라곤 우리 6남매를 아무 탈 없이 건강하고 곱게 키운 것 하나밖에 없다고 두 분은 생각하겠지만, 얼마나 힘들고 어렵게 자식들을 보살펴 왔는지, 나는 너무 잘 알고 있다.

　십여 년 전 아빠는 삼촌과 함께 트럭에 마늘이나 양파 등을 싣고 시장에 내다 파는 일을 하셨다. 나중에 알았지만 그때 아빠는 무척 힘들었다고 한다. 채소를 내다 판 수익금으로 우리 여덟 식구가 살아가기엔 어림도 없었기 때문이다. 그래서 우리가 다 잠든 깊은 밤이면, 아빠는 자주 한숨을 내 쉬고는 하셨다.

　아무리 지치고 피곤해도 우리 앞에서 내색하지 않고 간식을 사오시던 아빠의 환한 얼굴이 생각난다.

아빠는 고민 고민 하던 끝에 어떤 결정을 내려야 했다. 남의 집에 세 들어 살며 미래에 대한 어떤 비전도, 대책도 없는 채 이대로 살 수는 없다고 생각했기 때문이다.

그래서 정든 고향을 떠나 우리 가족은 대전으로 이사를 왔다. 이사를 하고도 며칠간은 짐을 풀 곳이 없어 우리 가족은 여관 생활을 했다.

우리가 짐을 푼 곳은 공사장 아저씨들이 임시 기거하기 위해 엉성하게 지어놓은 판잣집이었다. 그곳이 그다지 불편하진 않았지만, 판잣집이라는 초라함 때문에 우리 형제들은 남들 보기 창피하다고 철없이 불만을 터뜨리면 그때마다 아버지는 아무 말씀도 하지 않고 쓸쓸히 웃으셨다.

공사장 근처에서 식당을 운영할 계획을 세우신 부모님은 돈을 빌리려고 여기저기 찾아다녔다. 하지만 아무리 애원하고 다녀도 돈을 빌려주겠다는 사람은 쉽게 나타나지 않았다. 가진 거라곤 올망졸망한 6남매밖에 없는 부모님에게 누가 선선히 돈을 빌려주겠는가.

그래도 천만다행으로 먼 친척뻘 되는 분에게 돈을 빌리고, 아빠가 틈틈이 막노동을 해서 모은 돈으로 1년 후에 우리는 작은 식당을 열 수 있었다.

식당 개업식 때 부모님은 얼마나 가슴이 벅찼던지 연신 눈물을 흘리셨다. 작은 식당이었지만 부모님은 열심히 일하셨다.

얼마 지나지 않아 먼 곳에서 일부러 찾아주는 고마운 단골손님들이 하나둘 생겨났고, 일하는 아줌마를 둬야 할 만큼 식당일도 바빠졌다.

그러던 어느 날 예기치 못한 사고가 발생했다. 한 손님이 주문을 받으러 온 아줌마의 손을 잡고 접대부 취급을 한 것이다.

감정이 격해진 아줌마와 손님의 말다툼이 시작되었다. 처음에는 조용히 만류하시던 아빠도 그 손님이 차마 입에 담지 못할 욕설을 퍼붓자, 화를 참지 못하고 그만 주먹을 휘둘렀다. 그 일로 아빠는 경찰서에 붙들려 가야 했다.

식당은 그야말로 난장판이었다. 깨져버린 그릇들, 발목이 부러진 탁자와 의자들, 걸음을 옮길 때마다 발에 밟히던 숟가락과 젓가락들….

그 날 식당을 정리하시던 엄마의 어깨가 들먹거리는 것을 나는 보았다. 엄마는 내가 뒤에 있는 것도 모르는지, 한참동안 소리죽여 울었다.

아빠는 며칠 후에야 경찰서에서 나올 수 있었다. 식당에서 난동을 부렸던 손님은 얼굴이 다쳤다는 이유로 많은 돈을 요구해왔고, 결국 엄마는 그 사람과 합의를 하지 않을 수 없었다.

대부분 못쓰게 되어버린 식당의 물건들을 둘러보시며 담배만 피우시던 아빠의 참담한 얼굴도 생각난다. 엄마가 다시 시작해보자고 했지만 그 후 한동안 아빠는 술에 취해 사셨다.

그 싸움이 있던 날 이후 식당 문 앞에는 휴업표시판이 내걸리고, 밥 대신 술로 배를 채우셨던 아빠는 나날이 야위어 갔다. 그렇게 다정하던 아빠가 웃음을 잃자, 우리 형제들은 아빠가 무서워 슬금슬금 피하기까지 했다.

그렇게 한 달이 지나갔다. 더 견디다 못한 엄마가 다시 돈을 빌리러 다

넜다. 밀린 세도 내야 했고, 부서져 못쓰게 된 물건들도 다시 사야 했기 때문이다.

밖에 나갔다가 돌아온 엄마는 아빠가 술에 취해 잠들어 있는 모습을 볼 때마다 눈가를 훔치곤 했다. 엄마는 식당 문을 못 여는 것보다 그 일로 아빠가 폐인이 될까봐 더 걱정하셨다.

하지만 아빠는 곧 예전의 다정한 모습으로 돌아왔다.

다시 식당 문이 열리고, 단골손님들이 그동안 왜 가게 문을 열지 않았냐며 찾아오기 시작했다. 한동안 실의에 빠져 많은 생각을 했기 때문인지, 아빠는 예전보다 더 지극 정성으로 손님들을 맞았다.

그로부터 몇 년 후 우리 가족은 그동안 생활해왔던 식당에 딸린 방에서 아파트로 이사해 왔다. 17평짜리의 아파트는 우리 가족 8명이 살기에 그리 넉넉한 공간은 아니지만 전셋집일망정 우리 집이 생긴 것에 나는 요즘 너무 행복하다.

시장 경기가 나빠져 요즘 식당 운영은 엄마 혼자서 하고 아빠는 영업용 봉고차를 몰고 있지만, 우리 집의 가난이 이제 내겐 정겹기까지 하다.

나는 우리 가족이 모두 모여 웃으며 살아갈 수 있다는 것도 큰 축복이라고 믿고 있으니까.

(임지남)

어머니

엄마의 밥그릇

우리 식구는 겨우 네 명인데도 한자리에 모일 시간이 거의 없다. 서로 바쁘다 보니 얼굴을 마주칠 때가 거의 없는 것이다.

그러나 토요일과 일요일 저녁만은 모두 한자리에 모여 식사를 하며 각자의 이야기를 주고받는다. 그렇게 식사를 마치고 나면 나는 가끔씩 엄마를 돕겠다며 설거지를 하곤 한다.

설거지할 때마다 항상 무심코 지나쳐 버리곤 했는데, 그날따라 엄마의 밥그릇이 새삼 눈에 뜨였다. 그리고 나는 생각에 잠겼다.

아버지의 위치를 말해주듯 크고 비싼 밥그릇은 아버지 것이다. 장남인 오빠 밥그릇도 아버지 밥그릇과 별로 다르지 않다. 항상 아버지와 오빠의 밥그릇은 새 손님을 맞이할 때처럼 빛나고 깨끗하게, 한쪽으로 다른 그릇들의 마찰이나 참견 없는 곳에 가지런히 놓여 있다.

내 밥그릇은 내 것도 되고 손님 접대용도 되고 때로는 물 컵으로도 쓴다. 119 구조대처럼 하루 24시간 1년 365일을 하루같이 출동만 기다리고 있는 밥그릇이다. 하지만 결코 낡거나 모양이 촌스럽지는 않다.

아무리 덜렁대는 나도 아빠와 밥그릇을 설거지 할 때면 좀 더 신경 써서 예민하고 침착하게 닦아 건져서 올려놓는다.

그런데 낡고 이가 빠진, 외형태도 불분명한 허름한 밥그릇 하나가 내 손에 쥐어져 있다.

문득 이 밥그릇의 실체와 주인이 떠오른다. 다름 아닌 내 곁에서 항상 웃어 주시고 힘을 주시는 절대적 존재인 엄마의 밥그릇이다. 평생을 희생과 시름, 아픔과 고통을 혼자 그 가냘픈 정신력으로 버티어 오신 엄마의 밥그릇이 이렇게도 보잘것없다니….

내 밥그릇이 마음에 들지 않는다고, 예쁘고 값비싼 밥그릇으로 사 달라고 졸라대던 내 행동이 얼마나 어리석고 철없는 것이었는가.

나는 새삼 그 기억을 떠올리며 스스로를 나무랐다. 새로 지어 고슬고슬하고 따뜻한 밥을 세 식구들에게 먼저 퍼주고, 식은 밥이나 누룽지를 맛있게 드시던 엄마의 모습이 떠오른 것이다.

찬밥에 대한 무관심처럼 엄마의 밥그릇이 사기그릇인지 유리그릇인지 구별도 못한 채 바라고 원하기만 해 왔다니….

설거지를 마치자마자 나는 비상금이 든 지갑을 꺼냈다. 만 원 상당의 돈을 들고 나가서 그릇 가게로 들어갔다. 그릇가게에서 파는 것 중에서 가장 튼튼하고 예쁘고 멋진 밥그릇을 하나 골라 사 들고 집으로 왔다.

새로 산 엄마 밥그릇을 아빠 밥그릇 옆에 나란히 올려놓았다.

내일부터는 우리 집 식탁위에 가장 크고 예쁜 밥그릇 하나가 새로 놓이겠지?

  그리고 나는 자주 친정에 들러 이 밥그릇에 가장 따뜻하고 맛있는 밥을 가득 담아 엄마에게 드려야겠다.

(허지수)

어머니의 결혼반지

3형제의 장남인 나는 우리 집의 장손이기도 하다.

나는 장손이 잘돼야 집안이 편안하고 모두가 출세한다는 부모님과 친지 분들의 기대 속에서 어린 시절과 사춘기를 보냈다.

고2가 되었을 때 나는 특별반(학력 우수반)에서 떨어져 평반이 되었는데, 그런 상황에서 어머님과 가족들의 기대는 자꾸만 나를 부담스럽게 하고 비뚤어지게 하는 계기가 되었다.

방황하던 나는 결국 학교와 집을 뒤로한 채 가출을 하게 되었다. 처음 가출했다가 집으로 돌아온 후로도 나는 가출을 여러 번 했다. 그때마다 부모님이 나 때문에 가슴을 시커멓게 태우시는 것을 알면서도 외면을 했고, 동생들의 부탁에도 불구하고 나는 그 해, 또 마지막 가출을 했었다.

나는 가출해서 서울에 살고 있는 친구 집에서 생활했다.

어떻게 수소문을 하셨는지 그곳까지 어머니께서 찾아 오셨다.

"제발, 제발…."

빌다시피 애원하시는 어머님의 모습에 나는 다시 어머님과 함께 집으로 가기 위해 서울 역으로 가서 기차표 두 장을 샀다. 그리고 나니 수중에는 동전 몇 개가 고스란히 남을 뿐이었다.

식사 때가 지났는데 돈이 없어 식사를 못하고 있는데, 어머니가 서울 역 밖으로 나갔다 오시더니

"얘야, 출출할 텐데 밥을 먹어야지."

하시며 밥을 사주셨다. 시장하던 터라 무슨 돈이냐고 묻지도 않고 밥을 먹었다.

식당에서 밥을 먹고 어머니와 함께 기차에 올랐을 때는 이미 어두운 밤이 되어 있었다. 밤이라 창밖은 어두웠다.

열차안의 사람들이 거의 다 잠들고, 어머님도 내 어깨에 머리를 기댄 채 잠이 드셨었다. 도중에 담배를 피우기 위해 기차 중간으로 나왔을 때였다.

담배에 불을 붙이고 중간쯤 피웠을 때, 문득 이상한 생각이 들었다. 유리문 밖에서 바라본 어머니의 손에 결혼반지가 없었다.

20년 동안 결혼반지 없이 사시다가 이번에 곗돈으로 결혼반지를 맞추시고는 얼마나 좋아하셨는데….

반지를 어찌 하셨을까? 아까까지는 돈이 없었는데….

나는 자리로 돌아와 어머니를 바라보았다. 어머니의 얼굴은 예전보다 부쩍 많이 늙어 계셨다.

어머니의 결혼반지는 서울 역 주변에 있는 전당포에 있겠다는 생각이 드는 순간, 벽돌장 같았던 내 가슴이 미어지며 눈물이 주루룩 흘렀다.

돌이켜 보니 어머니께 얼마나 많은 고난을 주었는지 새삼스레 느낄 수 있었다.

무엇 때문에 그렇게 방황을 했던가. 나는 마음을 고쳐먹기로 작정했다.

그 뒤 나는 불량스러웠던 친구들을 멀리한 채 공부에 전념, 고등학교를 졸업하고 비교적 우수한 성적으로 서울에 있는 대학에 입학을 했다.

지금은 해병대에 있는데 지금도 어머니의 결혼반지를 생각하면 너무나 죄송하고 감사할 뿐이다.

'어머니 조금만 참으세요. 더 좋은 반지 손에 끼워드리겠습니다.'

(김정수)

우짜노, 내 부모인 걸

"쥐뿔도 가진 것 없으면서 뭘 믿고 내 딸을 달라는 건지, 도대체 모르겠데이. 이봐라, 자네. 자네도 머리가 있으면 생각 좀 해봐라. 이 어린 걸 데려가서 야가 도대체 뭘 안다고 그 고생을 시키겠다는 거고? 나중에 좀더 있다가 결혼을 해도 되지 않겠나?"

부모님의 반대는 대단했고 완강했다.

부모님도 그럴 것이 그의 어머님은 중풍, 아버님은 중풍에다 치매까지 걸려서 대소변을 받아내야 할 형편이었고, 그런 부모님을 우리가 모시고 함께 살아야 할 입장이었다.

그 당시, 어린 마음에는 그의 부모님에 대한 극진한 마음이 얼마나 착해 보였는지 모른다. 사랑하는 사람을 위해서 그 정도도 못하겠느냐 싶어서 부모님께 잘하겠다고 약속까지 했었다.

우리는 부모님을 끝없이 설득했다. 자식을 이기는 부모 없다고 부모님은 어쩔 수 없이

"나도 모르겠다. 너거 마음대로 해라. 너희들도 결혼해서 자식 놓고 키

워 봐야 부모 마음을 알 거다."

는 대답을 던지셨다.

결혼식 날, 친정어머님은 얼마나 우셨는지 모른다.

"제일 똑똑한 것이, 딸 하나라고 내가 손에 물방울도 안 묻히게 하고 키워 났더니 이제 와서 저 모양이니…."

나중에는 친정아버지의 눈에도 눈물이 그렁그렁 고였다.

그 모습을 보고 나도 얼마나 눈물이 났는지 모른다. 뭐라 말할 수 없는 죄스러움이 가슴 가득히 밀려왔다. 그리고 예식장에 업혀서 온 시부모님을 보자, 그분들을 잘 모실 자신이 갑자기 사라졌었다.

그러나 결혼 생활은 시작되었다. 병든 부모님을 모신다는 것은 살림을 아무것도 모르는 나에게 쉬운 일이 아니었다. 시어머님은 몸이 불편하셔서 화장실만 겨우 다니시는 정도였고, 위장이 별로 좋지 않아서 하루에 한 번은 죽을 끓여 드려야 했다.

그러나 그보다 더 힘든 것은 시아버님이었다.

치매까지 있으신 아버님은 밥상을 차려 가면 밥상이 마음에 들지 않는다고 밥상을 집어던지기가 일쑤였고, 바지에 변을 보시고는 옷을 갈아입지 않겠다고 고집을 부리시지 않나, 욕을 하시고, 소리를 지르고, 재떨이다 뭐다 손에 잡히는 대로 던지시기도 했다. 한 번은 방안에서 라이터로 불을 내 이불이랑 장판이 모두 탄일도 있었다. 옷장을 모두 뒤져서 온방에 옷을 흩뜨려놓기 매일이었고, 가스 밸브와 가스 렌지 불도 마구 만져서 한시도 눈을 뗄 수가 없었다. 하루하루가 지옥이었다.

당장이라도 뛰쳐나가고 싶었다.

결혼 전에 친정 부모님이 하시던 얘기가 하나씩 계속 떠올라 눈물로 매일을 보내다시피 했다. 나의 신혼 생활은 이랬다.

하루는 도저히 참을 수가 없어서 남편에게 단 얼마만이라도 좋으니 위에 형님보고 모시게 하자고 얘기를 했다. 그런데 남편의 대답은 그렇지 않아도 얘기를 해봤는데, 두 분 모두 죽었으면 죽었지 모시지 못하겠다며 고개를 흔들었다는 거였다.

결혼한 지 몇 달이 지나도록 전화 한 통화도 없고 얼굴 한번 비치지 않는 형님들도 미웠다. 남편도 미웠다.

나 자신조차도 미웠다.

어느 날이었다. 내가 시장에 잠깐 다녀오는 사이에 시아버님은 냉장고 문을 열어 놓고 호박, 오이, 양파, 생선, 계란 등을 모조리 꺼내서 마구 입에 넣고 계시는 것이었다. 얼른 뛰어가서 못하시게 말렸더니, 옆에 있던 머그잔과 냉장고 안에 있던 찌개 냄비를 집어서 나에게 던지셨다.

머그잔에 부딪힌 팔은 시커멓게 멍이 들었고, 내 다리는 이내 날아온 유리잔이 부서지면서 유리가 꽂혀 피투성이가 되었다.

그 일 이후로 난 정말 집안에 있기가 싫었다. 두려웠다. 그래서 아침만 먹고 나면 점심 밥상을 차려 놓고 집을 나가서 저녁에야 돌아왔다. 될 대로 되라는 식이었다. 남편과 말다툼도 잦아졌다.

"두 분 형님들도 모시지 못한다는 부모님을 내가 어떻게 모셔. 나도 죽어도 못하겠으니까, 자기가 그렇게도 모시고 싶으면 직접 모셔. 자기 형제들은 왜 그렇게 이기적이야? 난 못해. 정말 못한다구!"

　그렇게 지내기를 며칠, 어느 날 남편은 마시지도 못하는 술을 얼마나 마셨는지 새벽이 되어서야 만취가 되어서 들어왔다.

　"미안하다, 숙아. 정말 미안하다. 그렇지만 싫어도 미워도 내 부모인데 나를 낳아 주고 길러준 내 부모인데 낸들 어떻게 하겠니? 위의 형수님들은 못 모시겠다고 하지, 그렇다고 자식이 부모를 죽든 살든 나 몰라라 하고 내버려 둔 채 나 살겠다고 나갈 수도 없고…. 숙아 정말 미안하지만, 내 평생 너를 은인으로 생각하고 정말 네가 내 부모한테 했던 것보다 몇 배 이상으로 내가 나중에 장인, 장모한테 잘 할 테니 나를 좀 도와 다오."

　남편은 내 앞에 무릎을 꿇고 눈물까지 흘렸다. 그 모습을 보자 내가 나빴다는 생각이 다시 들었다.

　'그래, 내 부모다, 친정아버지, 어머니라고 생각하고 모시자.'

　하고 마음을 먹었다.

　하지만 변한 건 마음뿐이지 늘 같은 날들이 반복되었다. 하지만 그만 뛰쳐나가고 싶은 충동이 느껴질 때마다 그날 눈물을 머금은 남편의 모습을 떠올렸다.

　그 다음해에 아버님은 돌아가셨다. 어머님도 얼마 지나지 않아 돌아가셨다.

　남편은 시어른들이 돌아가시자 곧 친정집 부근으로 이사를 하자고 했다. 남편은 그때 그 약속처럼 내가 시부모님께 했던 그 몇 배보다 더 많이 장인, 장모, 다섯 살 난 아들 그리고 나에게까지 정말 잘해 준다.

"장모님, 나중에 몸이 불편해지면 저희들이 모실 겁니다. 꼭 그때 함께 사셔야 합니다."

라는 말을 남편은 입버릇처럼 한다.

지금은 친정 부모님도 우리 사위 제일이라며 동네방네 자랑이시다. 내가

"결혼하지 말라고 그렇게 반대하더니…."

하고 말을 꺼내면 언제 그랬느냐는 듯 웃음을 함박 머금으신다.

(김미숙)

마음의 눈으로 보렵니다

언제부턴가 나의 시력이 점점 나빠지는 걸 느꼈다.

사물들이 희미해지고 뿌옇게 보이는 정도가 심해졌다. 그래도 원래부터 그렇게 좋은 시력이 아니라는 핑계로 별 생각을 않고 무심코 하루하루를 생활해 나갔다.

그렇게 얼마쯤 생활했을까? 급기야는 눈에 뭔가가 떠다니는 게 보이기 시작했고, 눈앞에서 100미터쯤, 아니 50미터쯤 멀리 있는 사람의 형태를 알아볼 수조차 없었다. 적어도 신체는 조금씩 끊임없이 암시를 주었는데, 나는 너무도 무신경하게 지낸 것이다.

그제야 현실을 직시한 난 마산에 있는 종합병원으로 부랴부랴 달려갔다. 떨리고 조마조마한 마음으로 내 차례를 기다렸다.

"김지혜씨! 들어오세요."

드디어 호명된 나는 눈에 안약을 넣고 동공을 키운 뒤 안과 검진을 받았다. 그런데 결과는 생각보다 더 심한 상태였다. 시력이 급속도로 떨어져 고도 근시 상태에다가 시신경에 이상이 생겨 망막증도 함께 발생했기 때문에, 언제 어떻게 될지 모르는 위험한 상태라는 의사 선생님의 말씀이었다. 그리고 시력이 너무 나빠져서 웬만한 안경으로는 시력 교정이 힘들다고 했다.

할 수 있는 방법이라야 아주 두꺼운 안경을 껴야만 하는데, 그렇게 해도 양쪽 눈이 합쳐진 시력이 0.6 정도가 나온다는 것이었다.

그렇다고 콘택트렌즈도 낄 수 없는 상황이었다. 예전에 렌즈를 낀 경험이 있었는데 그때, 착용상의 문제로 각막이 혼탁해져서 내 눈에는 렌즈를 낀다는 것 자체가 무척 위험한 일이었다.

하지만 그보다 더 절망적인 것은 눈 각막이 아주 엉망이라서 수술조차도 할 수 없는 상태라는 것이었다. '몸이 천 냥이면 그 중에서도 눈이 구백 냥'이라는 말도 있듯이 눈이 신체 중에 얼마나 중요한 것인데, 하필이면 내 눈이 이렇게 되다니….

갑자기 아주 큰 사형 선고를 받은 사람처럼 난 멍청하게 앉아 있었다. 앞으로 다가올 인생들이 캄캄했고 온 세상이 나를 막는 벽처럼 느껴졌다.

그때부터 나의 모든 생활은 회의적이고 절망적으로 변해갔다. 모든 일에 의욕이 없어지고 살고 싶은 생각도 없어졌다.

나는 다니던 회사도 그만두었다.

늘 집안에서 우울해하며 지냈다. 친구들도 자연히 멀리하게 되었다. 눈이 너무 나빠 사람을 볼 때 인상을 써야 하는 것 때문에 난 사람 만나는 것을 꺼려했던 것이다.

또 가끔씩은

'혹시 시력을 완전히 잃으면 어쩌지?'

라는 공포에서 헤어나지 못해 항상 악몽 같은 생활을 했었다. 그렇다고 해서 스물다섯의 여자 나이에 두꺼운 돋보기안경을 쓰고 다닌다는 것은 도저히 용납이 안 되었다. 불편함보다는 수치심이 먼저 생겼던 것이다.

그래서 난 죽음을 택하려고도 했었다. 이렇게 사느니 편하게 죽어버리는 것이 한결 더 나을 것 같았다.

그렇게 사람들을 멀리하고 집에서 지내는 시간이 많아질수록 내 성격도 점점 이상하게 변해갔다. 활발하고 의욕적이었던 내 모습은 오간데 없고 매사에 회의적이고 염세적인 나만이 남아있었다.

내 어디에 이런 모습이 숨어 있었나 싶었다. 인정하고 싶지 않은 것을 인정해야 하는 현실, 그것은 당해보지 않은 사람은 정말 모를 것이다. 가족들도 이런 나의 모습에 말도 못하고 눈치만 보았고 나로 인해 집안 공기마저 질식할 것 같은 상태였다.

그러다가 우연히 TV를 통해서 시각 장애자들의 생활 모습을 보게 되었다. 물론 그전에도 장애인의 생활상을 다룬 프로들이 가끔 방영되곤 했지만 그때처럼 열심히 본 것은 처음이었다. 아마도 내 처지가 그들과 다를 바 없다는 심리상태가 작용했기 때문일 것이다.

태어날 때부터 앞이 안 보이는 사람, 도중에 사고로 시력을 잃은 사람들이 나름대로 열심히 생활해 가는 모습을 담은 그 프로를 보고 있노라니 갑자기 가슴 한구석에서 삶의 의욕이 용솟음치기 시작했다.

'그래, 난 그래도 아직까지는 높은 하늘, 그리고 신록이 가득한 산도 볼 수 있고 또 가까이에서나마 사람 얼굴도 볼 수 있지 않은가.'

그것만으로도 그들보다 얼마나 행복한 일인데, 나는 그동안 왜 이렇게 살았을까.

절망을 희망으로 돌려놓기에는 그리 큰 시간이 필요치 않았다.

다시 새 생활을 하기로 나 자신과 굳게 맹세했다.

그래서 그때부터 지금까지 정기적으로 안과에서 검진도 열심히 받고 다시 회사에도 취직해 밝게 살아가려고 애쓰고 있다.

검진을 받으러 갈 때면 의사 선생님께서는

"안경을 안 쓰고도 참 자연스럽게 생활하는 것 같다."

며 신기해하기도 한다.

그래, 맞다!

안경을 쓰지 않고 생활한다는 것 자체가 신기한 일일 수도 있다. 하지만 난 사람의 눈이 아닌 마음의 눈을 가지고 생활하려고 노력하고 있다. 물론 불편함도 많고 시력 때문에 좌절되는 일도 많지만 그럴 때마다 나보다 더한 상황에서 더욱 열심히 사는 사람들을 떠올리며 삶의 의욕을 불태운다.

그래서인지 이제는 현실의 눈보다 마음의 눈으로 세상을 보는 일이 많아졌다. 그리고 행복하게도 내 옆에는 훗날 내 시력이 어떻게 될지도 모르는 불확실한 미래에도 불구하고 끝까지 날 보호해주겠다는 사람도 생기게 되었다.

　처음엔 그 사람에 대한 미안함에 괴로워도 했지만 이젠 그것도 사랑의 힘으로 이겨낼 수 있을 것 같다.

　기꺼이 나의 반려자가 되어준 그 사람에게 무한한 감사와 사랑을 느낀다.

　내 나이 25세.

　이 나이에 더구나 여자로서 큰 장애가 닥쳤다는 게 불행한 일이지만 그 사람이 있기에 좌절하지 않고 하루하루를 충실히 살아감으로써 후회 없는 생활을 할 것이다.

(김지혜)

어린 산타 할아버지

누구에게나 지난 한 해를 정리하고 내년을 설계해보는 12월은 우리 가족에게도 같았다. 크리스마스가 되기 전에 남편과 나는 씩씩하게 자라나고 있는 세 아이에게 어떤 선물을 할 것인가 고민하면서 둘이 마주 앉았다.

아이들을 재운 늦은 시간에 우리 부부는 열심히 한 녀석 한 녀석에게 눈치 채지 못하도록 컴퓨터로 편지를 써서 크리스마스 선물을 준비해서 크리스마스트리 아래에 선물을 놓고 잠을 잤다.

다음날 아침.

세 아이의 부산한 움직임과 자기들끼리 자랑하며 떠드는 소리에 눈을 뜬 우리는 세수도 하지 않은 채 거실로 나갔다.

크리스마스트리 아래에는 흩어져 있는 포장지 사이로 곱게 포장되어 있는 상자 하나가 놓여 있었다. 분명 어젯밤 우리가 준비한 것은 아니었다.

'민주의 아버지, 어머니에게 ―산타할아버지가'

연필로 정성들여 쓴 필체는 분명 내가 낳은 민주의 글씨였다. 순간, 우리 부부는 말도 못하고 감격해서 그냥 멍청히 서 있었던 것 같다.

빛이 나는 빨간색 리본으로 묶였던 선물은 다이어리와 볼펜, 그리고 카드였다.

낱말을 퍼즐로 맞추어 나가면 '사랑합니다. 진심으로' 라는 문장이 되는 퍼즐그림 카드는 감동적이었다.

그 선물은 세상에서 가장 나이 어린 산타가 어른에게 보내 준 선물일 것이다.

(조전순)

토종닭에서 나온 보물

　요즈음 아이들을 다 키우고 난 후의 심신은 약간의 허무함과 함께 피곤함의 연속이었다.

　오늘도 영 기운을 못 차리고 이불 속에서 비실거리고 있는데 전화벨이 울렸다. 활짝 핀 벚꽃 같은 큰 형님의 목소리에 나도 덩달아 생기가 나는 듯했다. 그러나 여지없이 형님의 전천후 투시안에 걸리고 말았다.

　"자네, 목소리 왜 그런가? 어디 아픈 거야?"

　"아 아뇨, 아프긴요."

　"자네, 봄마다 한차례씩 아프더니 또?"

　"…"

　까닭 모를 서러움과 형님의 다정다감함이 고마워서 잠시 할 말을 잃고 말았다. 환절기인데다 바쁘니 잘 챙겨 먹지 못해서 병이 났다며 걱정이 많으시다.

　벌써 봄이 온 것이다.

도시의 빌딩과 아스팔트 색깔을 닮은 긴 겨울이 어서 지나가길 고대했으면서, 이렇게 봄을 맞아 놓곤 맘껏 반기지도 못하고 있다.

물오른 수양버들의 한들거림에서 이내 신록으로 물들여질 산과 들이 그려진다. 하얀 색보다 더 눈부신 아이보리 빛 목련 꽃망울은 까만 밤하늘의 별을 닮은 듯 그 빛이 가슴 속까지 투사된다.

환희로 가득 찬 봄의 향연이 가슴 벅차서 허우적거리는 봄앓이.

이것에 걸리지 말자고 해마다 다짐하지만 언제나 나의 판정패로 끝나버려서, 봄이 오길 손꼽아 기다리면서도 한편으론 봄에 대해 두려운 징크스를 가지고 있다.

간신히 하루 일과를 마치고 돌아와 옷을 갈아입고 있는데 초인종 소리가 들렸다. 큰아이가 마치 짐 꾸러미에 싸인 듯 낑낑대며 큰 짐을 들고 들어온다.

어찌된 일이냐는 내 눈빛을 읽었는지 내가 말하기도 전에 숨 가쁘게 영문을 털어 놓는다. 큰댁의 형님께서 큰댁 부근의 대학에 다니고 있는 우리 아이 편에 음식을 들려 보낸 것이다.

닭의 뱃속을 무엇인가로 꽉 채우고 무명실로 단단히 꿰맨 큰 토종닭 한 마리와 황기 묶음, 잘 솔질된 주꾸미 동태 봉지가 형님의 큰 손을 짐작할 정도로 묵직하다.

'아니, 이 일을 어쩌나'

이런 생각만 맴돌 뿐 다음 일을 진행할 수가 없어 수화기를 들었다.

"형님 앞에선 아프지도 힘들지도 못하겠어요. 그나저나 형님은 손목을 수술하셔서 의사가 무거운 것은 들지 마시라잖아요. 이 많은 것을…."

"아하 그거? 괜찮아. 내가 손으로 들지 않고 배낭에 넣어 짊어지고 왔지. 자네 몸 생각할 줄도 알아라. 식구들만 챙기지 말고. 양껏 먹고 기운 차리게."

눈물이 핑 돈다. 그 무거운 걸 짊어지고 시장에서 집까지 꽤 먼 언덕길을 걸어 온 형님을 생각하니 목젖이 한동안 아려온다.

삶는 토종닭 냄새가 형님 인심만큼이나 구수해서 맡기만 해도 입맛이 도는 것 같다. 아침 식탁에 푹 익힌 삼계탕을 올려놓았다.

그런데 식구들의 반응이 이상하다. 그래서 표정을 보니 모두들 닭고기 먹기를 시늉만 낼 뿐이다.

큰아이가 식구들에게 무슨 말을 한 모양이다. 간단하게 아침 식사를 마친 식구들이 집을 나간 뒤 나 혼자 덩그러니 삼계탕과 마주 앉았다.

탱탱하게 꿰매진 실을 풀어내는 순간 나는 어느새 흥부가 되어 박을 타고 나서 놀래는 착각에 빠졌다. 찹쌀 인삼 대추 마늘 등이 한데 엉겨 붙어, 반들반들 빛을 내는 보석들 군집을 이루고 있는 형상으로 보인다.

형님의 정성을 먹고 있자니 그 동안 형님께서 내게 베풀어 주신 일들이 어제 일처럼 생생하게 떠오른다.

형님 내외분은 마치 친정 부모님 같으셨다.

'우리 아이들 출산할 때 병원에서 밤을 꼬박 새며 염려해 주셨지. 그리고 나중에 안 아프려면 산후 조리를 잘 해야 한다며 어렵게 구한 약을 정성껏 달여 주셨지. 어려운 시기에 공부 더 하겠다고 했는데도 오히려 기뻐하셨고, 졸업 때 새 지폐가 가득 든 봉투를 건네면서 진심으로 축하해 주실 땐 친정 언니 같았고 엄마 같으셨지.'.

그 밖에도 우리 아이 학교가 큰댁에 가깝다고 언제든지 찾아와서 먹고 쉬었다 가라며 열쇠를 맡기신 일 등, 정에 배인 마음이 한 가득이다.

살아가는 데 사람을 잘 만난다는 것은 그 무엇보다 중요한 것 같다.

지식과 부모와의 만남, 형제 부부간의 만남 스승과 제자, 친구와의 만남….

만남의 행로가 미로 같아서 그 끝이 행(幸)으로 이어질지 불행(不幸)으로 이어질지는 아무도 모를 일이라서 사람들이 많은 관심을 갖고 항상 긴장하는 것이 아닌가 한다.

더군다나 만남 중에는 선택의 여지가 없는 만남이 대부분이어서 흔히들 이를 인복(人福)이라고 일컫기도 한다.

"복중에는 재물 복, 명예 복보다 인복이 제일이제."

하시던 어머니 말씀이 떠오른다. 그럼 난 어머니 바람대로 된 게 아닌가 싶다.

고마운 인연들 중 늘 '큼' 으로 다가오는 우리 형님. 힘들 때도 하하, 속상할 때도 하하 웃는 법을 가르쳐 주셨다.

음양의 양면을 수도 없이 오가는 세상살이에서, 밝은 면을 잘도 찾아내는 마음이 예뻐서 초로(初老)의 얼굴이지만 여전히 고우신 형님!

난 형님에게 토종닭 안에 무슨 보물을 넣어 드릴 수 있을지, 기대를 갖고 들여다 봤을 때 실망하지는 않을지 걱정이 앞선다.

나만의 만남이 부디 작지만 복이었다고 여겨질 수 있다면 참으로 다행이겠다.

(류명달)

며느리가 못 다한 말

신혼여행을 다녀온 후 나는 홀로되신 시어머니와 시누이 시동생 4남매와 함께 결혼생활을 시작하였다.

새댁으로서의 나의 각오는 마치 공부 잘하고 교칙을 잘 지키는 모범생처럼 가족을 위한 봉사와 희생에 가치를 두고 인생을 오순도순 살 것이며, 나눔의 생활을 통해 따뜻하고 웃음이 있는 가정에서 칭찬받고 사랑받는 며느리가 되자는 것이었다.

친정에서도 대가족과 자연스럽게 살아왔듯이 남편과 단 둘이 산다는 것은 생각조차 하지 못했다.

선진국에서는 흔히 자기 자식이 있어도 입양을 하고 수입의 일부를 자선 단체에 기부도 하는 등 사회 환원에 대한 봉사가 당연시 되는 것처럼, 나도 새댁으로서 사랑하는 남편의 피붙이들과 함께 사는 것은 당연한 일이며 아무 문제가 없을 거라고 생각했다.

그러나 순진하고 아름다운 나의 각오는 생각처럼 쉽지만은 않았다.

시집을 옴과 동시에 발등에 떨어진 불처럼 화급하게 내가 받아 안은 것은 '일곱 식구의 생계와 시동생 시누이 네 명의 학비조달'이라는 멍에였다.

상황이 급하다보니 결혼과 동시에 직장을 그만 두려던 나는 그 생각을 포기해야 했다. 경제적인 문제는 해운공사 계장인 남편의 수입과 중학교 교사라는 나의 직장이 빠듯하게 해결을 해 주었으나 그것만으로는 가정이 안정이 되지는 못했다.

중학생으로부터 대학생에 이르는 시동생 시누이들의 투정과 불만은 나의 어깨를 무겁게 짓눌러댔다. 마치 TV 사극에서 괴롭힘을 당하는 불쌍한 새댁과 같이 편한 날이 없었다.

그러나 그들도 세월을 따라서 결혼을 하게 되니, 각자 삶의 몫을 지고 뛰느라 조용해졌다.

나의 성격이 쾌활하고 유머러스하다고 자타가 공인하는 평판을 얻었건만 시댁에서는 쾌활이고 유머고 어찌된 노릇인지 도무지 통하질 않았다. 손톱이 들어가지 않는다는 말은 이런 때 쓰는 걸까.

시댁은 전형적인 서울 양반 가문이어서 고고하고도 도도한 성품들로 그야말로 똘똘 뭉친 격이었다.

시어머니로 말하면 유명한 홍 판서 댁 외동따님으로서 가마 타고 삼방으로 피서 다니던 신분으로 옷매무새 하나 흐트리지 않는 분이었다. 때때로 새댁의 신분인 내가 궁궐안의 상궁인지 나인인지 자신의 정체성에 모호하여 당황하였다.

그래서 하루의 일이 끝나고 방에 들어와 누우면 나도 모르게 이렇게 다짐하곤 하였다.

　'딸을 낳으면 절대로 결혼을 시키지 말아야지, 아들을 낳아 장가 가게되면 저희 내외만 사랑을 흠뻑 하도록 해주고 나는 양로원으로 소리 없이 사라져야지.'

　시어머니의 오랜 병치레가 시작되었다.

　가족들은 시어머니의 끈질기게 이어지는 생명 줄을 보며, 지치다 못해 무관심이란 죄에 빠져 들기 시작했다. 아니 그 죄에 빠진 것조차 깨닫지 못하게 무뎌져 가고 있다고 해야 맞을 것이다.

　시어머니의 병고는 다가올 나 자신의 미래를 보는 것 같아, 나로서는 시어머니의 핏기 없는 가녀린 손가락을 보는 것조차 견딜 수 없는 슬픔이었다.

　결국 우리는 심신의 피로를 견딜 수 없어 간병인을 고용하였다. 그러나 마음의 고통은 조금도 덜어지지 않았다.

　아무리 긴 병에 효자 없다지만 형제들은 40년 전에 돌아가신 아버님의 산소에 다녀와서는 꺼져가는 촛불처럼 계시는 어머니에게는 인사도 하지 않고 지나갔다.

　아파트 아래층 현관 앞에서 그냥들 돌아가는 것을 보았을 때

　'아! 너무 심하다.'

　라고 속으로 혼자 뇌이며 가파른 끝을 더듬는 무서운 절망에 빠지기도 했다.

첫딸을 낳고 우리 식구들이 살던 집 전세 돈을 뽑으니 큰 시누이 혼사 비용이 되었다. 그렇게 해서 큰 시누이는 출가했다.

우리는 남편이 조금씩 모아온 통장을 털어 변두리에 땅을 사서 집을 짓기 시작했으나 돈이 모자라 1년 반에 걸쳐 매월 봉급을 타서 조금씩 지어 나가야만 했다.

비닐로 막은 문틀에 유리를 끼고 다음엔 마루를 놓고…, 그야말로 첩첩 산중이었다. 그렇게 고갈된 재정 속에서 입술이 바작바작 타도록 몸이 다는 것은 우리 부부뿐 시댁 식구들은 타인처럼 방관했다.

새집에 입주한 뒤 눈이 펑펑 쏟아지는 어느 날이었다. 아침 준비하랴, 낮에 아기 먹일 것 만들어 놓으랴, 허둥지둥 하다가 나는 그만 창문을 열어 놓은 채 출근을 하고 말았다.

저녁에 퇴근해서 보니 눈이 들이쳐 미처 개지도 못 한 이불이 흠씬 젖어 있었고, 집안은 강풍으로 달력과 책들이 날아가고 흩어져서 아수라장이 되어 있었다. 세숫물까지 방으로 떠오게 하는 분들이 갑자기 폭설이 몰아치기로서니 바깥을 들러보실 리는 만무하지 않은가.

대야에는 연년생인 지영이 호영이의 오줌 똥 기저귀가 수북이 쌓여 있었다. 기저귀통에 물이라도 부어 놓았다면 세탁하기가 얼마나 쉬울까… 모두 '부질없는 바램임을' 하면서 속을 태웠다.

눈이 한바탕 내린 밤하늘엔 별이 초롱초롱 떠 있었다. 손끝이 저리도록 차가운 물로 말라붙은 기저귀를 빠는 나를 중천에 뜬 달님이 고요하게 내려다보고 있었다.

나는 달님에게 말했다.

'아기를 맡아 주시는 것만으로도 감사합니다.'

사실 재정적인 문제나 육체노동 따위는 심리적인 압박에 비하면 아무 것도 아니었다.

시누이들은 입만 열었다 하면 말했다.

"언니, 어머니가 사시면 얼마나 사시겠수. 잘해 드려요."

집안 어른들도 그러셨다.

"사시면 얼마나 사시겠나. 잘 모셔라. 그래야 복 받는다."

나는 결혼하는 날부터 지금은 며느리 둘과 사위 하나를 맞은, 환갑을 바라보는 나이까지 그런 말들로 점철된 세월을 보내야 했다.

그래서 가장 겁나는 소리가 '언니'였다.

언니소리만 들어도 다음 말이 들리는듯하여 귀가 저려온다. 심하면 귀 언저리에 수천 개의 바늘이 꽂히는 듯한 증상이 아직도 남아 있다.

시집 오던 내 나이 20대 초반부터 3개월밖에 못 사신다던 시어머니는 그 후 33년을 더 사시다가 내 나이 쉰하고도 일곱이 되던 해에 편안하게 저 세상으로 가셨다.

맏딸 지영이가 내가 시집 올 때와 똑같은 스물다섯에 출가를 하고, 큰

아들 호영이 막내 재원이까지 결혼 시키고 나니 어느새 내 이마에는 서리가 하얗게 내렸다.

속이 뒤틀리고 한숨만 터져 나오던 암담한 시절에 결심했던

'딸을 낳으면 절대 시집 보내지 않겠다.'

'아들도 결혼하면 지들 끼리 알콩달콩 살게 내버려 두리라.'

하는 것도 틀어진 셈이다.

그뿐이랴. 나 홀로 양로원행 결심도 봄 눈 녹듯 되어버렸다.

나는 지금 자식보다도 더 예쁜 상헌, 상민, 종헌이 손자 놈들에게 푹 빠져 있을 뿐만 아니라 며느리와 함께 살고 있으니 아무 할 말이 없어졌다.

때때로 딸이 시집살이 넋두리를 하곤 한다.

어찌 불평이 없을 수 있겠는가. 어쩌면 에미가 겪은 일을 똑같이 반복하고 있구나. 나는 속으로는 안쓰러웠지만 위로의 말 대신 딴청을 잘 부렸다.

"간밤에 내린 눈이 너의 집 앞에 빙판이 되기 전에 네가 쓸거나 따뜻한 마음으로 녹이거라."

하면서 일부러 활짝 웃는 것으로 대신했다.

나는 그 기나긴 어둠의 터널 속에서도 그 누구에게도 하소연 한 번 하지 못했었다.

아니 못한 것이 아니라 시댁에 대한 불평은 절대 해서는 안 되는 것이라고 스스로 다짐하곤 했다. 나 스스로 원칙을 세워 놓고 그것을 지키느라 가슴 속이 까맣게 타들어 가는 듯하였었다. 그 고통을 생각하면 시원하

게 털어놓는 딸아이가 차라리 부러웠다.

  그렇게 힘들었던 나의 시집살이는 이제 출가한 딸과 두 며느리를 거느린 나에게 엉클어지려는 인관관계의 실타래를 부드럽게 풀어주는 약과 지혜의 상자로 남게 되었다.
  지금 손자를 돌봐 주고 있는 나에게, 며느리는
  "저는 친정엄마보다도 어머님이 더 좋아요."
  이런 말에 나는 더러는 속아준다. 그리고 한편으로는 진심으로 받아들이면서 언젠가는 시어머니가 될 며느리를 바라본다.
  나는 인생의 사계절 중 지금 초겨울에 살고 있다고 생각한다.
  며느리에게 결코 시집살이는 시키지 않겠다는 소신과는 상관없이 며느리에게 멍에를 지웠다.
  자연의 흐름 속에 내 며느리도 어느 날 다시 시어머니가 되면 이 멍에는 내가 상속한 것이 아닌, 자연의 섭리에 순응하는 의무인 동시에 보람이요 행복임을 알게 되리라.

(구자숙)

조카녀석의 일기장

재일이가 전화를 했더군요. 저는 텔레비전을 보며 휴일의 느긋함에 빠져 있었지요. 그런데 그 아이는 대뜸 묻더군요. 지금 뭐 하고 있느냐구요. 네 전화를 받고 있지 않느냐고 했더니, 그 전에 뭘 하고 있었느냐는 거예요. 텔레비전을 봤다니까, 뭘 보았는지 또 물어요. 그래서 말했습니다.

나는 태조 왕건을 만나고 있노라고.

"이모도? 와, 나두야. 엄마! 엄마아! 큰 이모도 태조 왕건 본대!"

이렇게 소리치는 재일이가 어떤 얼굴일지 눈에 선해서 제 눈과 입에는 벌써 웃음꽃이 피었습니다.

지난 여름에 있었던 일이 생각나네요.

금년에 열 살인 재일이는 둥글고 까무잡잡한 얼굴에 눈썹이 짙어요. 해리포터처럼 안경을 씁니다. 은테 안경을 써서 그런지 얼굴이 더 까매 보입니다. 일기 쓰기에 몰두하고 있는 그 애를 보면 속눈썹이 길어서 참 보

기가 좋아요. 한참 바라보다가 너무 귀여워서

"재일아!"

하고 나직이 불렀더니 쓰던 손을 멈추고 고개를 들어 나를 바라보는데, 눈이 어쩌면 그리도 맑은지요. 말없이 웃으며 그 애 손을 잡아 봅니다. 참 말랑말랑하고 따스합니다.

이모가 갑자기 손을 만지작거리니 쑥스러운지

"왜?"

하며 어깨를 으쓱 올리며 소리 없이 웃더군요. 그렇게 소리 없이 따스한 눈으로 웃는 그 모습이 주변 사람들에게 가장 인기 있게 하는 그 애의 재산 목록 1호랍니다. 저는 갑자기 머쓱해져서 말해 버렸지요.

"으응, 이모가 재일이 일기 검사를 좀 하려고."

중학교 국어선생님인 큰 이모가 일기를 검사한다고 하면 으레 재일이는 안 된다고 합니다. 그러면서도 굳이 도망을 가지도 않아요.

결국 재일이와 저는 사이좋게 일기를 검토합니다. 또 기분 좋을 때는 수학 문제도 맞춰보곤 합니다. 아마도 그런 중에 가장 즐거웠던 때는 구구단을 욀 때가 아니었나 싶어요. 하지 않겠다는 아이를 붙잡아 놓고 달래다가 제가 갑자기

"구구단을 외자. 구구단을 외자. 사 팔은?"

했더니 녀석은 사팔뜨기 흉내를 내며 팔짱을 낀 채 웃더니 획 돌아앉지 않겠어요? 그래서 더욱 바싹 다가앉으며 거듭 물었더니, 재일이는

"이모는!"

하더니,

"삼십 이! 구구단을 외자. 구구단을 외자. 칠 팔은?"

하고 저에게 반격을 가하는 게 아닙니까? 그래서 얼른 되받아주었지요. 그 뒤 우리의 구구단 공부는 즐겁게 이루어졌습니다.

그런데 이모가 또 일기를 검사 하겠다고 하니, 곤란하다는 표정으로 역시 늘 그랬듯이 안 된다고 합니다.

그럴 순 없다나요. 왜냐하면 일기는 자기만의 비밀 공책이니까, 안된다는 겁니다. 일기를 보는 것은 반칙이라고까지 말하더군요. 그렇지만 또 제가 아무리 엉겁결에 무심코 한 말이라 해도 그냥 넘어 갈 수 있나요. 이모는 맞춤법에 맞게 쓰는지, 또 밀리지 않고 쓰는지 그것만 확인하는 것이라고 했죠.

"아참, 아이참."

하며 내미는 그 애의 일기를 읽다가 저는 가슴 밑바닥부터 치밀어 오는 아픔을 느꼈습니다.

8월 초순까지 계속 외할아버지가 편찮으시다는 걸 썼더라구요. 그건 초등학교 아이의 일기라기보다는 차라리 할아버지의 병상일지 같았습니다.

병세의 호전을 쓴 어느 날의 일기에는 아이의 희망찬 마음이 옹달샘처럼 드러나 있었고, 병세가 악화되었을 때는 그 애의 걱정이 축 늘어진 난초 잎처럼 그려져 있었어요.

매주 토요일이면 재일이의 엄마와 아빠가 아이들을 데리고 옵니다. 할아버지 병문안을 와서 할아버지 병간호를 하던 이모들과 교대해 주었던 것이지요.

7월 8일의 일기를 보니 이런 구절이 보이더라고요.

'우리는 토요일이면 늘 방배동 외할머니댁에 간다. 외할아버지가 목소리가 쉬어 말씀도 소리 내어 못하시고, 많이 마르셔서 잘 움직이지도 못하신다.

밤에는 통증이 심해 잠도 잘못 이루신다. 그런데 엄마께서는 밤새워 옆에서 보살펴드렸다. 나는 왠지 잠에서 깨곤 했다. 할아버지께서 힘들어하시니까, 식구 모두가 안타깝고 속상해했다. 나는 누나와 어깨를 주물러 드리고 부채질도 해드렸다. 그런데 살이 없으셔서 세게 주무르면 아프다고 하셨다.

벌써 6개월이나 됐다. 그런데 할아버지는 나아지지 않고 편찮으시다. 내가 놀러 가지 못해도 빨리 나으셨으면 좋겠다. 할아버지가 빨리 나으셔서 전처럼 낚시도 다니시고, 나랑 바둑도 두셨으면 좋겠다. 할아버지가 가르쳐주신 오목을 같이 두면 재미있을 텐데.'

저는 고개를 들지 못하고, 계속 읽을 수밖에 없었습니다.

'오늘 나는 방배동에 갔었다. 외할아버지가 돌아가신 지 2주일이 다되어 가는데도 손님들은 계속 오셨다.

뜰에 풀이 우거져 보기 흉했다. 할아버지가 하시던 일인데…, 나는 할아버지가 하시던 것처럼 하얀 장갑을 끼고 마당으로 나가서 풀을 뽑기 시작했다.

날은 뜨거웠지만, 마음은 즐거웠다. 열심히 하다보니 어느 새 정리가 되었다. 다하고 들어오니 손님들이 칭찬해 주셨다.

큰이모와 할머니가 즐거워하시며 기특하다고 하셨다. 칭찬을 들으니 마음이 뿌듯했다.

나는 오늘 깨달은 게 있다. 마당도 그냥 내 버려두면 풀이 마구 자라는데, 정원도 잡초를 뽑아주고 가꾸어야만 아름답게 된다는 걸 알았다. 가끔 할머니댁에 올 때마다 잡초를 뽑아야겠다고 생각했다. 할아버지가 계속 이 뜰을 돌보셨기 때문에 이 뜰이 아름다웠던 거다.

꿈에서라도 나는 꼭 할아버지를 보고 싶다. 할아버지 보고 싶어요.'

이 글을 읽으며 제 심정이 어땠는지 아시겠지요? 손자만 보면 웃음이 번지던 아버지의 얼굴이 떠올랐어요.

콧등에 땀이 맺히면서도 할아버지 어깨를 꼭꼭 주물러 드리던 재일이의 진지한 얼굴이 겹쳐지면서 새삼 아버지의 행복하셨던 그 마음을 투명한 유리 거울로 훔쳐본 것 같았지요.

저는 오늘 전화를 끊고 아버지가 누우셨던 머리맡 문갑 위의 재일이 사진을 바라보았답니다. 바로 옆의 텔레비전에서 호령하는 태조 왕건은 아랑곳하지 않고 말이죠. 돌 사진에 이가 하나도 없이 잇몸을 드러낸 채 재일이가 웃고 있어요. 맑은 눈이 반짝이는 보석처럼 보는 사람을 빨아

들여요. 그 옆에는 빨간 야구 모자를 쓴 사진도 있답니다. 쌍꺼풀이 지지
않는 큰 눈과 소리 없이 꽃봉오리처럼 벌어지던 입. 그 웃음이 아버지께
얼마나 큰 행복을 안겨드렸을까요.

　어린이는 어른의 아버지라고 한 워어즈워드의 시 구절이 아니더라도
이만하면 그 애의 힘을 느낄 수 있지요. 이런 재일이를 어떻게 사랑하지
않을 수가 있나요!

　저는 조만간 재일이에게 전화를 할 것입니다.

　일기 검사를 하러 가겠노라고.

(김희경)

있잖아 엄마, 사실은 힘들어

따사롭게 내리쬐는 햇살에 눈이 부셔 베란다 창문을 열어젖혀본다. 밖에도 따사로울 거라는 내 생각에 이내 반발이라도 하듯 반갑지도 않은 추위가 옷 속을 파고든다.

올해로 결혼한 지 5년째다.

모든 엄마들이 다 그렇듯이, 우리 엄마도 내가 시집갈 때 학벌 좋고, 집안 좋고, 사람 좋고, 경제력 좋은 사람에게로 가길 원하셨지만 난 그런 엄마의 조건들을 깡그리 무시한 채 딱 한 가지 사람만 보고 결혼을 했다.

물론 엄마를 반쯤 속인 채 첫 아이를 낳고, 둘째를 낳았다. 두 아이를 기르다 보니 벌써 5년이란 세월이 흘렀다.

민족의 대이동이라는 명절은 때로는 주부들을 힘들게도 하지만 오랜만에 가족들을 볼 수 있다는 사실은 무엇보다도 큰 설렘으로 다가온다.

차 속에서 흘러나오는 '까치 까치설날' 노래를 들으며 시댁에서 친정으로 향했다.

"너 왜 그렇게 살이 빠졌니?"

"다이어트를 잘했나 보지 뭐."

난 아무렇지도 않게 대답을 했지만 친정집에 설을 쇠러 온 나에게 엄마는 잔뜩 걱정스런 얼굴로 나를 바라보셨다.

딸자식은 시집을 가야 제 어미를 반쯤은 이해한다는 할머님 말씀이 불현 듯 생각이 났다.

"생긴 건 천상 여자같이 생긴 것이 하는 짓거린 꼭 선 머슴애 같으니 어떻게 얘기해야 엄마 마음을 알겠느냐."

며 나무라시는 어투로 할머님은 그렇게 말씀을 하셨다.

그땐 결혼을 하면 여자는 바뀌나 보다고 생각을 했는데, 막상 내가 결혼을 해서 아이를 낳고 살다 보니 그 말씀을 반쯤은 이해할 것도 같다. 요즘 생활이 좀 힘들 거라며 엄마는 IMF 때보다 더 하다고도 하셨다.

각종 생활용품이 대폭 올랐으니 애들 둘 키우느라 돈 많이 들어가겠다며 그래도 아껴 써서 내년쯤엔 집을 장만해야 되지 않겠냐고 하셨다. 나는

"그래야겠지."

라는 애매한 말투로 엄마의 말씀을 종료시키고 이런저런 이야기로 말꼬리를 돌렸다.

첫 아이 학원비와 둘째 아이의 분유 값. 하루하루 커 가는 아이들의 옷값이며 순전히 남편의 사치로 사버린 자동차 때문에 들어가는 할부금, 사글세부터 시작해 4년만에 장만한 전세방에 들어가는 각종 대출금. 거

기에다 부도가 나서 두 달째 쉬고 있는 남편의 직장 문제 기타 등등.

엄마에게 말은 못하지만 나는 차츰 지쳐 가고 있었다.

하지만 자상한 남편, 해맑은 아이들을 보며 하루하루 힘을 얻고 열심히 살아가고 있다. 젊어서 고생은 사서도 못한다고 하지 않았던가.

올해도 난 엄마에게 거짓말을 해야 할 것 같다. 아무 걱정 없이 행복하게 잘 살고 있으니 걱정하지 마시라고. 엄마가 거절하실지 뻔히 알면서도 나는 이렇게 물어 본다.

"엄마, 먹고 싶은 것 필요하신 것 있으면 말씀하세요. 박서방이랑 제가 사다 드릴게요."

(양희진)

초보 풀빵 장사

구청에서 오랫동안 환경 미화원으로 계셨던 아버지가 허리를 다치신 이후 그만두시게 되었다.

언니와 단 둘 뿐이던 나는 그 당시 회사랄 것도 없는 작은 사무실에 나가고 있었는데 아버지의 뒷바라지와 병중이신 어머니의 약값으로는 박봉의 내 월급이 턱없이 모자라기만 하였다. 할 수없이 나는 언니에게만 살짝 얘기하고는 서류 정리와 전화 업무뿐이었던 직장을 그만두고 풀빵장사를 시작했다.

아버지와 어머니께는 더 좋은 직장으로 옮기게 되었다고 둘러대었다.

그러나 평소엔 쉽게만 보아 왔던 풀빵일은 장난이 아니었다.

여자의 몸으로 밀가루 반 포대 분량을 반죽한다는 것은 결코 만만하지 않았다.

더군다나 친구 집에서 방 하나를 빌려 생활했기에 여간 불편한 게 아니었다. 타일 바닥 전체에 밀가루 반죽들이 들러붙었고, 기름기가 번들거려 무척 속상했을 텐데도 친구 어머님은 그저 내 집처럼 편안하게 지내라는 고마우신 말씀으로 나의 미안함을 살며시 누르시곤 하셨다.

내 나이 한창 청춘의 꿈으로 피어나야 할 이십대 초반이다.

나의 시간들은 이렇게 힘든 노동으로 채워져 있지만 수입은 훨씬 나아졌다. 그래서 우리 네 식구의 겨울은 그나마 훈훈하게 지낼 수 있었다.

월급이 올랐다는 얘기를 해드려 얼마 동안은 전혀 눈치 채지 못하시는 듯했다.

그러나 몇 달 후 수척해진 나의 모습을 보고 엄마는 어렴풋이 눈치를 채신 것 같았다.

친구를 통해 나의 일터를 찾아오신 어머니의 그 서글픈 눈물방울이 쉴 새 없이 손수레에 떨어졌다.

'어머니. 울지 마세요. 저 괜찮아요.'

나도 울컥해지려는 감정을 억지로 가슴 속으로 밀어 넣으며 웃으면서 제 솜씨가 어떠냐며 가장 맛있게 구워진 것을 입에 넣어 드렸다.

이것도 어느덧 10년 전의 일이다.

지금은 결혼해서 나도 가정을 이루고 행복하게 살고 있지만 힘들었던 젊은 날을 나름대로나마 꿋꿋하게 살아왔던 그 기억들이 지금도 선명하게 남아 있어 인생의 지표가 되어 주고 있다.

때때로 알려서 고통을 줄 수 있는 말보다는 차라리 아름다운 말로 포장하는 것도 인생을 행복하게 살아갈 수 있는 또 다른 지혜가 되리라고 믿는다.

(황성옥)

할머니의 눈물

몇년 전 나는 신경 수술을 받기 위해 병원에 입원한 적이 있었다.

수술은 겨드랑이 밑을 찢어서 하기 때문에 수술 후 움직일 때는 무척 아프고 마취가 깰 때는 전신이 다 아팠다.

가족들이 먹여주고, 씻겨 주고 하는 것 한 가지가 편(?)했다고나 할까.

그러나 나는 봄날에 핀 진달래 같은 젊은 여자애가 병실을 할머니들과 함께 사용한다는 것이 불만 중 불만이었다. 그러나 시간이 조금 지나자 할머니들의 고전 사투리가 섞인 옛날 얘기, 주사 맞을 때 아이 같은 표정과 몸짓에서 재미와 정이 생겨났다.

노인들은 거의가 노환으로 입원하셨다. 어떤 할머니는 사고로 인해 전신에 붕대를 감싸고 누워 계셨고, 많은 병을 가지고 있었지만 여느 할머니와는 다르게 건장하게 목소리도 제일 크고 거뜬해 보이는 할머니도 계셨다.

그 중에서 내가 제일 의아해하던 할머니가 한 분 계시다. 그분은 교통 사고로 갈비뼈가 부러졌지만 심하지 않아서 금방이라도 퇴원해도 될 정도였다. 물론 제일 퇴원하고 싶어 하는 할머니는 거의 막무가내로 집에 가고 싶다고 하셨다. 그런데 이상하게도 가족들은 한사코 한 달 정도는 있어야 한다고 했다.

이상한 점이 또 하나 있었다. 갈비뼈만 조금 이상이라는 할머니 옆에는 항상 눈시울을 적시고 있는 가족들이 있었고, 같이 사고가 나서 다른 병원에 있다는 할아버지와 아들 얘기는 할머니가 물어도 건성으로 대답하는 것이었다. 그런 일이 하루 이틀이 지나 한 달이 되는 날이었다. 할머니와 나는 같은 날 퇴원을 하게 되었다.

퇴원 수속을 마치고 온 나는 놀라지 않은 수 없었다. 가족들의 등을 두드리며 '괜찮다' 는 말과 함께 차분하게 뒤돌아서는 할머니의 눈에 눈물이 맺혀 있었기 때문이었다.

이유인즉 할아버지와 아들은 교통사고로 인해 안타깝게도 할머니만 살고 두 분 다 그 자리에서 돌아가셨다는 것이다. 그런 상황에서 할머니가 아시면 그 충격에 의해 혹 쓰러지실까봐, 그 가족들은 계속 다른 병원에 계신다고 다음에 가서 보자고 하면서 그 한 달 동안 할머니 모르게 할아버지와 아들의 장례를 치렀다는 것이다.

참 슬픈 일이다. 지금 나는 할머니께 조용히 말하고 싶다.

"따뜻한 가족사랑 속에 오래오래 건강하게 사세요."

(강윤경)

민지야, 미안해

나에게는 앞을 보지 못하는 친구가 하나 있습니다.

재활원에서 봉사 활동을 하는 친구를 따라 갔다가 만났지요.

이름이 민지인 친구는 나를 처음 만나자마자

"참 예쁜 아이구나!"

라는 것이었어요.

"빈말이지만 나쁘지는 않은데."

"나는 눈으로는 보지 못하지만 마음의 눈은 더 크게 열려 있거든. 넌 분명 예쁠 거야."

어쩌면 그 빈말에 우리는 친해졌는지 모르죠. 예쁘다는 말에 기분 나빠 할 여자가 몇이나 되겠어요. 그런 민지는 버릇처럼

"나도 근사한 사랑을 해봤으면 좋겠어. 내 눈이 되어 줄 사람 말이야."

했다.

"넌 마음의 눈이 크게 뜨여 있잖아."

"그래. 하지만 내 눈이 되어 세상을 비춰 줄 그런 사람이 있었으면 좋겠

다.”

그런 민지를 볼 때마다 마음이 아팠어요. 그래서 난 혼자 모종의 일을 시작했어요. 내가 쓴 편지를 민지에게 줬지요.

“내 친구가 네 얘기를 듣고 사진을 보여주었더니 펜팔을 하고 싶다는구나.”

“정말?”

민지의 그런 해맑은 웃음은 처음이었지요. 조금은 수줍은 듯한 모습이 순진하고 순수해 보여 난 큰 죄인이 된 듯 했어요. 시간이 지날수록 나의 거짓말은 계속되고, 드디어 민지가,

“나, 이 사람 만나보고 싶어.”

하고 말할 때는 난 발을 찍고 싶을 정도로 당황스러웠습니다. 그렇게 며칠이 지나 제 친구 한 명이 저의 고민을 듣더니 기꺼이 그 편지의 주인공이 되어준다는 것이었습니다.

정말 다시 살아난 듯한 그런 기분이었어요.

그렇게 두 사람은 만나게 되고 아슬아슬하게 시간은 지나갔지요. 그리고 지금은 너무나 보기 좋은 친구가 되었답니다. 가끔은 나보다 더 친하고 내가 모르는 비밀마저 가진 듯해서 약이 오르기도 하지만 그래도 난 민지가 좋은 친구가 생긴 것이 너무 기뻐요.

아직도 민지는 그 편지의 진짜 주인공이 누구인지 모르고 있어요. 하지만 민지는 알 것입니다. 제 진짜 마음만은요.

(박정하)

작은 언니의 졸업식

우리 집은 딸만 네 명이다.

다른 사람들은 딸이 많아서 재미있겠다, 심심하지 않겠다는 등의 이야기를 하곤 하지만 이에 못지않게 아이들이 많다 보니 곤란한 일이 한두 가지가 아니다.

3년 전의 일만해도 그랬다. 큰 언니는 고3, 작은 언니는 중3으로 둘 다 모두 졸업을 앞두고 있었다. 그런데 어처구니없는 일이 일어나고 말았다. 두 언니의 졸업식 날짜가 겹친 것이었다.

엄마로서는 고민스러운 일이 아닐 수 없었다. 아버지가 그 날 회사를 쉰다면 두 분이 나누어서 각각 두 딸의 졸업식에 갈 수 있으련만 아버지는 회사를 쉴 형편이 되지 않았다.

엄마는 점점 고민에 빠졌다. 그런데 작은 언니가 대뜸 엄마에게 가서

"엄마, 내 졸업식 오지 마. 엄마 오면 부끄러우니까."

라고 말하는 것이었다.

"그래도 어떻게 은미, 니 졸업식에 안갈 수 있겠노?"

"엄마 오면 나 졸업식장에 안 갈 거다."

화까지 내는 것이다.

엄마도 그런 줄 아시고 걱정 없이 큰 언니의 졸업식에 가시기로 하셨다.

그 일이 있은 며칠 후 나는 방청소를 하다가 우연히 작은언니의 일기장을 보게 되었다.

그렇게 화까지 내며 엄마에게 졸업식에 오지 말라고 했던 작은언니 일기장에는

'솔직히 엄마가 졸업식에 안 오시게 되어 섭섭하지만 엄마가 그것 때문에 많이 고민하시는 거 같아서 큰언니에게 양보했다' 고 써 있었다.

난 정말 생각도 하지 못했던 일이었다. 하지만 난 엄마에게 말하지 않았다.

이윽고 졸업식 날이 되어 엄마는 계획했던 대로 큰언니 졸업식장에 가셨다. 그리고 작은 언니와 같은 학교에 다니던 나에게 돈을 주며 작은언니에게 꽃다발을 사주라고 하셨다.

그런데 매년 졸업식 날 오던 꽃다발 장사는 그날 따라 오지 않았다. 졸업식이 끝나고 많은 학부형들은 이미 준비했던 꽃을 자신의 딸에게 주며 사진도 찍고 있었지만 언니는 혼자 쓸쓸히 조용히 서 있었다. 그리고 언니는 졸업식 날 다른 언니들 몇몇과 함께 개근상을 받았지만 그 흔한 꽃다발은 받지 못했다.

그런 언니의 표정과 모습이 얼마나 쓸쓸했는지 안 본 사람은 모를 것이다.

그렇게 졸업식이 끝나고 집으로 왔는데, 작은언니에게 졸업식이 어땠냐는 엄마의 물음에 작은언니는 환한 웃음까지 지으며

"엄마가 오시지 않은 게 다행이야. 내가 웃기는 상 받을 때 얼마나 부끄러웠는데, 엄마가 왔다면 더 부끄러웠을 걸."

라고 말했다.

그런 말을 하는 언니의 그 따뜻하고도 아름다운 거짓말을 생각하면 아직도 눈시울이 뜨거워진다.

(이은주)

가장 멋진 자가용

중학교 교사이신 아버지는 보이지 않는 곳에서 묵묵히 일을 하고 계시는 '환경 운동가' 이시기도 하다..

아침에 조깅을 하고 돌아오실 때마다 버려진 휴지나 가전제품 등을 주워 오시곤 한다. 또 텔레비전에서 점점 사라져가는 동식물 등이 소개 될 때면 유심히 지켜보시곤 그 얘기를 시나 수필로 적어 발표도 하신다.

그 중에서도 내가 가장 자랑하고 싶은 것은 아버지의 자가용이다.

아버지와 늘 함께 하는 그 자가용은 자전거이다. 30년 넘게 교직 생활을 하시면서 애용하시는 자가용이다.

아버지께서는 가끔

"기름도 들지 않고 매연도 없고 천천히 오가며 세상 구경도 하면서 다닐 수 있으니 얼마나 좋으냐!"

고 자전거 예찬론을 펴신다.

비가 오는 날은 아무리 우산을 잘 받쳐도 바지가 젖게 마련이다.

그럴 때면

"날씨가 늘 맑을 수 없듯이, 가끔은 비가 내리고 바람이 부는 게 당연하듯이 늘 자전거를 콧노래를 부르며 기분 좋게 탈 수야 있겠니? 가끔은 이런 날도 있어야 다음엔 더 즐겁게 자전거를 탈 수 있는 것 아니겠니?"

하며 웃으신다.

예전 초등학교 때 아버지께서 태워주시는 자전거가 그렇게 재미있을 수가 없었다. 아침 학교 갈 때면 괜히 누나랑 실랑이를 벌이곤 했는데, 그런 모습이 안 되어 보이셨는지, 어느 날 앞에도 앉을 수 있게 미니 의자를 달아 놓으셨다.

나는 조금씩 자라면서 자전거에 도시락을 달고 출근하시는 아버지의 모습에 보고는 가슴이 뭉클함을 느끼기도 했고, 나를 뒤에 태우시고 힘겨워 하시는 아버지의 모습에서 '이제 아버지께서도 나이가 드셨구나' 하는 것을 새삼 느끼기도 했다.

언제 어디를 가시든 늘 자전거를 타고 웃으며 다니시는 아버지!

멋진 승용차를 타고 다니시는 다른 아버지들보다도 낡은 자전거를 타고 다니시며 삶을 느낄 수 여유를 가지고 계신 그런 아버지의 모습이 더 자랑스럽고 존경스럽다.

(허호녕)

아들과 딸

아들아, 조금만 참아다오

너를 시골에 남겨두고 돌아오는 버스 속에서 아빠는 많은 생각을 하고 있었단다. 아마 너도 뒷모습을 보이며 돌아가는 아빠를 보며 많은 생각을 했겠지. 너는 생각이 많고 똘똘한 아이니까.

너랑 헤어진 지 이제 겨우 17시간이 지났건만, 벌써 보고 싶은 마음이 생기니 앞으로 이어질 그 많은 시간을 어찌 감당해야할는지 난감하기도 하구나.

고속터미널에 도착했을 때, 문득 네가 나에게 물었지.

"아빠, 왜 나를 시골로 보내려고 해?"

아빠는 가슴을 해머로 맞은 듯 멈칫했단다.

'아, 이 녀석이 가기 싫구나.'

아빠는 네 질문을 잘 듣지 못했다는 듯 딴청을 부리며

"응? 뭐라구?"

하고 네 가까이에 얼굴을 디밀고 물었지. 무엇인가 더 진지하게 이야기를 풀어가야겠다는 느낌으로 말이다.

그러나 너는 잔뜩 긴장한 아빠에게 실쭉 웃으며 아무렇지도 않게 말했단다.

"아니야, 아무것도 아니야."

"왜? 하고 싶은 말은 다 하는 거야. 아빠한테는 다 말하기로 했잖아. 가는 게 싫으면 가기 싫다고 말해. 왜? 시골 고모네 가는 게 싫어?"

"아니."

…너는 생각이 아주 많은 녀석이야. 너는 분명 나를 위해 말꼬리를 감춘 것이겠지. 그러나 이제 겨우 일곱 살인 너에게 어찌 세상의 얽히고설킨 이야기를 죄다 이해시킬 수 있겠니.

…아빠의 실직, 거기에 돌발적인 이혼, 마음을 다잡기 위해 정신없이 시작한 사업. 어른들의 복잡한 얽힘으로 다시 어디로인가 떠나야하는 너….

너는 다 알지 못하면서도 다 이해하고 있다는 표정으로 나를 보며 씽긋 웃어주었지.

…고맙다, 아들아.

그날 시골로 향하는 버스 속에서, 아빠는 너와 이제까지 나누었던 대화가 너를 이해시키려는 것이 아니라 오히려 아빠 자신을 이해시키기 위해서였다는 사실을 깨닫고, 너의 손을 꼭 잡았지.

'미안하구나, 아들아.'

너를 보내고 싶지 않은 마음은, 아마도 네가 가기 싫은 마음보다 더 크고 절실했을 것이다. 왜냐하면 나에게 너는 힘이고 영양제이며, 넘어지지 못하게 하는 버팀돌이었으니까.

고모네 집에 도착하여 밥을 먹기 직전, 아빠는 주변의 자연 경치를 벗삼아 잠시 거닐었단다. 작은 바람에도 술렁이며 나뭇잎을 흔드는 커다란 나무들, 그 흔들리는 나뭇잎 사이로 별처럼 반짝거리는 햇빛, 막 익어가는 벼들이 가득한 논 한가운데를 장난꾸러기처럼 질주하며 벼의 머리를 헝클어뜨리는 바람의 물결….

아들아, 잘 기억해 두어라. 일렁이는 그 벼들이 바람과 무슨 말을 주고받고 있는지, 바람에 흔들리는 나뭇잎 사이로 눈부시게 흩뿌리는 햇빛이 너에게 말하는 것은 무엇인지….

잘 보면 보인단다. 들을 수 있단다.

사람들은 잘 보지도 않고, 보이지 않는다고 들리지 않는다고 한탄하지.

바로 그 속에 네 못난 아빠의 얼굴이 있고, 그 속삭임 속에 이 아빠의 목소리가 같이 호흡하고 있음을 늘 상기해라. 너와 떨어져 있어도 항상 네 곁에 있다는 말이 마치 사기꾼의 거짓말처럼 들릴지 모르지만, 아들아 잘 기억하여라. 믿을 수 없는 일을 믿는 것이 진짜 믿음이라는 사실을.

아빠는 믿는다. 고모네 집 마당 위로 한없이 쏟아져 내리던 햇빛과 나무를 어루만지던 바람과 옥수수 잎 새가 서로 사각이며 스치는 소리와, 높은 하늘과 그리고 또 너의 많은 생각과 나의 사랑이, 너를 굳건히 지켜서, 너를 아주 건장하고 믿음직스런 청년으로 자라나게 해줄 것임을.

너 자신을 아주 많이 사랑하거라. 힘들어도 조금만 참거라.

사랑한다, 아들아.

(이관우)

사랑하는 내 딸에게

잠들기 전, 온 집안을 돌아다니며 개구쟁이처럼 뛰어놀던 모습은 간 곳 없이, 지금 잠든 너의 모습은 마치 천사 같은 얼굴이다. 가끔 미소까지 지으며 자는 네 모습이야말로 이 세상에서 가장 고귀하고 아름다운 모습이다.

너를 바라보는 엄마의 마음속엔 행복과 감사의 마음이 가득 하지만, 너와 함께 했던 고통과 아픔의 순간을 생각하면 다시금 새삼스럽게 가슴이 미어진다.

너는 엄마 뱃속에서부터 '저체중아' 여서 인큐베이터 신세를 지게 되겠다던 의사선생님의 염려 때문에 엄만 너를 낳는 순간까지 기도를 했었단다.

하지만 2.5kg의 가냘픈 몸으로 힘찬 울음을 터뜨리며 세상에 나온 너는 초롱초롱하고 예쁜 눈을 엄마와 맞추며 무한한 감동과 기쁨을 느끼게 했었지.

하지만 그 행복은 오래가지 못하고 네가 갓 백일이 지났을 때 '선천성 심장병’이란 엄청나고 무서운 병마가 되어 우리 가족 모두를 깊은 절망과 좌절 속으로 빠져들게 했었단다.

엄마는 정말 그때 하늘이 무너지는 것만 같았단다.

왜 죄 없는, 예쁘고 사랑스럽기만 한 네게 이런 엄청난 시련을 주시느냐고 오랜 시간 하나님을 원망하며, 울며 보내는 시간이 많았었지.

하지만 다행히도 네 병은 ‘선천성 심장병’ 중에서도 가장 경미한 병으로서 한 번의 수술로 완쾌가 가능하다는 작은 위로 덕분에 엄만 곧 새로운 희망을 갖게 되었단다.

그 후, 정기적인 검사를 위해 너는 계속 병원을 다녀야 했다.

네가 만 9개월이 되었을 때 몸무게가 8kg이 되어 전신마취가 가능하니 입원해서 수술을 하자는 의사선생님의 권유에 따라 너와 엄마는 3주간의 긴 병원 생활을 시작하게 되었지.

그때 엄만 병원에서 너보다 더 어린 나이에, 너보다 더 심하게 아파하는 아이들을 보고 부끄러움을 느꼈지.

그 부끄러움이 나만 위하는 이기적인 마음에서 벗어나 주위 사람들도 돌아볼 수 있게 하는 아량과 겸손까지 배우게 했단다.

사랑하는 내 딸아, 이제는 건강해진 너에게 엄마는 한 가지 소망이 있단다.

그것은 너의 이름에 담긴 엄마, 아빠의 소망처럼 ‘많은 사랑’으로 이 세상의 어둡고 그늘진 곳까지 따뜻하게 감싸 안을 수 있는 여유 있고 착한 마음을 가진 아이로 자라 주었으면 하는 것이란다.

　엄마는 훗날 네가 자라 혹시라도 네 자신에 대한 자신감을 상실했을 때
이 글을 보여주고 싶구나.

(한미란)

깊고 깊은 사랑

까맣게 그을린 얼굴에 깡마른 체격, 항상 힘겨운 기침 소리….

내가 우리 아버지를 생각할 때마다 먼저 떠오르는 모습이다.

막내딸이었던 내가 아주 어렸을 때부터 건강이 별로 좋지 않았던 아버지께서는 내가 중학교 2학년을 마치고 봄방학을 맞이했을 때 더욱 병이 악화되어갔다.

날이 풀려 여름이 되자 조금 나아진 듯 하다가도 찬바람이 불면 아버지의 건강은 다시 나빠지시곤 했다.

시골에서 약을 사러 가려면 면소재지까지 가야 한다. 왕복 1시간 이상이 걸리는 거리였다. 그래서 나는 학교에 갔다 오는 길에 며칠에 한 번씩은 꼭 아버지의 약을 사오곤 했다. 그런데 가끔 잊어버리고 오는 바람에 또다시 먼 길을 갔다 와야만 한 적도 있었다.

아버지께서는 성치 않은 몸을 이끌고 많은 농토는 아니었지만 농사를 지으셨다. 덕분에 오빠나 언니는 일찌감치 농사짓는 일에 매달려야 했지만 막내인 나는 일보다는 내가 하고 싶은 공부를 할 수 있었다.

  지금 생각해 보면 30여 년 전 그 시절에 막내인 나의 교육을 위해 쏟으신 아버지의 관심과 정성은 남다르신 듯하다. 그 이유는 내가 비록 시골 학교를 다녔지만 제법 공부를 잘한다고 생각하셨기 때문이었던 것 같다.

  그렇지만 아버지는 내게는 항상 엄하고 어렵기만 한 분이셨다.

  아버지 앞에만 앉으면 왜 그리도 말이 잘 안나오는지, 꼭 말씀드려야 할 일이 있으면 항상 어머니를 통해서였다. 내게는 비록 인자하셨지만 다른 식구들에게는 무척 엄하셨기에 지레 겁을 집어먹은 듯하다. 하긴 아버지 말씀을 한마디라도 거역하는 날엔 목침 덩이가 왔다 갔다 했으니까.

  당시 우리 집은 형편이 매우 어려웠지만, 그래도 내가 소풍가는 날이면 아버지께서는 꼭 선생님께 드릴 선물부터 챙겨주셨다.

  선물이라야 고작 담배 한 갑, 음료수 한 병 등 보잘것없는 것이었지만 항상 스승님을 잘 모셔야 한다는 말씀을 하시곤 했다. 요즈음의 엄마들이 치맛바람을 일으키며 학교를 찾아다니는 것과는 차원이 완전히 달랐다.

  내가 시골 중학교에 수석으로 합격을 하자 아버지께서는 대단히 기뻐하시며 없는 살림에도 떡이며 고기며 음식을 장만하도록 하셔서 동네 어른들 몇몇 분과 6학년 담임선생님께 보내드렸다.

  지금 생각하면 아버지의 세심한 배려에 감사할 뿐이다. 왜 좀더 상냥한 딸이 되어드리지 못했는지 후회가 된다. 알고 보면 그렇게 무섭기만 한 분도 아니었는데, 무뚝뚝하고 숫기 없는 내 성격 탓이었는데도 애매하게 아버지만 원망한 적이 많았으니 말이다.

이제 나도 시집가서 아이를 키워보니 부모님의 심정을 이해할 것 같다.

깊은 사랑을 가슴 깊이 간직하신 아버지가 지금 살아 계시다면 이젠 아주 애교 어린 딸로 어리광을 부려 보고도 싶고 어깨도 주물러 드리고 싶다.

봄볕같이 따사로운 아버지의 사랑, 그 모습이 그리워진다.

(이정옥)

오월이 오면

　도회지에서 신문기자를 하셨던 아버지를 만나려면 빠르면 1주일, 길면 달포씩, 신작로에서 들려오는 차 소리에 토끼처럼 귀를 기울여야만 했다.

　부모님은 젊은 시절 외가의 반대를 무릅쓰고 열애 끝에 결혼하여 언니와 나를 낳으셨다. 그러나 무슨 연유인지는 모르지만, 아버지는 다른 여자를 사랑하여 급기야는 자존심 강한 어머니와의 결혼 생활이 파경을 맞게 되었다.

　당시 여섯 살인 나는 아버지의 손에 이끌려 낯선 남해 땅으로 가 낯선 여자의 품에서 1년이 넘도록 지내게 되었고, 아버지의 모습은 가끔 씩밖엔 볼 수가 없었다.

　그러던 어느 봄날, 난 다시 어머니 품에 돌아와 분홍 옷에 하얀 콧수건을 달고 초등학교에 입학했다. 두 딸은 완고한 어머니의 자존심으로 그 어디에 있건 눈에 띄는, 한 점 모자람 없는 아이들로 자라났다.

하지만 그 뒷면에, 남들은 상상하지 못하는 차가운 응달이 있었는데, 바로 아버지의 존재였다.

흐르는 시간만큼 아버지에 대한 미움은 용서할 수 없는 원망으로 바뀌게 되었다. 그래서 사춘기 소녀 시절에는 무조건 아버지를 닮은 사람은 만나지도 않으리라고 다짐하기도 했다. 나는 결국 아버지라고조차 부르지 않는 냉정한 딸로 바뀌어갔다.

하지만 핏줄이라 때로는 만나지 않으면 안 되었다. 그때마다 아버지는

"이 자식아 많이 컸구나."

하는 말밖엔 더 말을 잇지 못하셨다. 그리고는 마르고 큰손으로 딸들의 뺨을 어루만지시곤 하셨다. 그때는 어쩜 그리도 그 손이 소름끼치게 미웠는지.

대학 3학년이던 어느 싸늘한 가을, 그 건강하시기만 하던 아버지의 사망 소식을 전해 듣고 나는 가슴속 심장이 두 조각난 듯 숨을 쉴 수가 없었다. 눈앞에는 하얗게 빛을 상실한 물체들이 어지러이 춤을 추었고 눈물도 흐르지 않았다. 마치 영원히 살아 있을 미움인줄 알았는데…. 그렇게 허무하게 물거품처럼 사라질 미움인줄 알았다면 이토록 사무치지 않았을 텐데.

당신이 운명을 달리한 그날은 아버지가 그 신문사 편집국장으로 승진을 앞둔 불과 며칠 전이었다. 운명하시기 전 아버지는 종이와 펜을 달라고 손짓하였으나 끝내 아무것도 쓰지 못하시고 백지만 남겨 놓으셨다.

그 백지 위에 당신은 무슨 글을 남기려고 하였을까. 차마 눈도 감지 못하시고.

아, 아버지!

진실로 아버지께 하고 싶은 말을 하지도 못했는데, 얼마나 당신의 존재를 사랑하고 그리워하였는지를 말했어야 했는데.

해마다 돌아오는 오월, 당신은 어떤 마음이셨을까? 그 영원할 수 없고 부질없는 미움과 원망 때문에 살아생전 카네이션 한 송이 달아드리지 못한 가엾은 나의 아버지.

해마다 5월이 오면 나의 어린 시절 파아란 상처가 살아나 가슴을 죄인다.

아버지들 가슴에 달린 꽃을 볼 때면 내 가엾은 아버지 생각에 하염없이 눈물이 난다.

(강희란)

노오란 생고무신

아카시아 향기 짙은 5월이 오면 하얀 옥양목 두루마기를 즐겨 입으시던 아버지의 모습이 떠오른다.

쉰둥이 막내로 태어난 나의 기억 속엔 언제나 근엄한 표정의 할아버지 같은 아버지의 모습이 자리 잡고 있다.

어릴 적 따뜻한 아랫목이 그리운 겨울로 접어들 때쯤이면, 아버지는 일본에서 배운 뜨개질 솜씨로 낡은 재킷을 풀어 우리 남매의 목도리와 조끼를 짜주시곤 했다.

해마다 어버이날이 가까워 오면, 가물거리던 호롱불 앞에 앉아 당신의 자식들을 위해 한 올 한 올 정성스레 떠올리던 투박한 아버지의 손길이 그립다.

어느 화창한 봄날이었다.

아버지의 나뭇짐 위에는 붉게 핀 진달래가 한 움큼 씩 얹혀 있곤 했다. 과묵하신 분이라 겉으로 내색은 하지 않으셨지만 자식에 대한 사랑을 그런 식으로 표현하신 것 같다.

시골의 닷새 장날이면 얼큰하게 취기가 돈 아버지는 낫이나 호미 등의 연장이나 간고등어를 사오시기도 하고, 가끔씩 기분 좋은 날에는 아버지의 조끼 주머니에서 비과 사탕이 한 움큼씩 나오곤 했다.

초등학교 시절, 어느 해 장날 아침이었다.

아버지와 나는 점심시간에 장터 신발 가게 앞에서 만나기로 약속했다. 그날 나는 수업 시간에도 마음은 벌써 신발 가게로 가 있었다.

점심시간 하얀 나비 고무신을 산다는 설렘으로 단숨에 달려갔던 장터에서 뜻밖에도 아버지는 나에게 노오란 생고무로 만든 남자 고무신을 사주셨다. 그 일로 하얀 나비 고무신의 꿈이 한순간에 사라져 버렸다.

그날 나는 친구들의 놀리는 얼굴이 떠올라 남자 고무신을 신지 않겠다고 우겨댔지만 완고하신 아버지는 끝내 울면서 달아나는 나의 뒤를 따라 학교까지 찾아와 노오란 생고무신을 내미셨다.

지금도 가끔씩 신발 가게 앞을 지날 때마다 떠오르는 생고무신에 얽힌 추억으로 웃음을 짓곤 한다.

아버지는 지금 불혹을 넘으신 연세이다. 그리고 나는 이제 질긴 생고무신을 사들고 학교까지 찾아오셨던 가난했던 시절의 아버지 마음을 조금은 헤아릴 수 있을 것 같다.

(이희숙)

가계부 들고 시집 왔어요

조그마한 산골마을에서 나는 너무나 가난한 농부의 6남매 중 다섯 번째로 태어났다.

나의 어린 시절은 잘 먹고 잘사는 것이 문제가 아니었다.

집안 일이 어려워 식모살이라도 가려고 하면 불호령을 내리는 아버지 슬하에서 성장하다가 스무 살이 되었을 때, 의성읍에 있는, 누에고치 실을 뽑아 일본으로 수출하는 어느 제사 공장에 여공으로 들어가게 되었다.

"정 그렇게 가려면 이 대문 밖에 나가서 죽어도 오지마라. 딸 하나 없는 셈 친다."

고 하시는 아버지 앞에서 이불 하나만 들고 이를 악물고 정든 집을 떠났다.

기숙사에서 지내면서 한 달 월급은 그 당시 111,500원. 첫 월급봉투를 받아 쥐고 얼마나 감격했는지.

그 월급으로 제일 먼저 산 것이 가계부였다.

나도 이제 내 힘으로 돈을 벌었다는 생각에 더욱 각오를 다졌다. 그렇게 회사생활을 하면서도 낮에 일하고 밤이면 뜨개질을 하여 돈을 모았다.

결혼 후에도 가계부는 하루도 거른 날이 없었다. 나는 가계부와 돼지저 금통을 가지고 시집을 왔었다.

시댁도 가난하고 힘든 초가집이었다. 남편과 함께 방 한 칸 100만 원짜 리 사글세였다.

남편은 택시기사로 일하고 있었다. 가난하기는 마찬가지였다. 그러나 절약하는 생활이 완전히 몸에 밴 나에게는 가난이 무섭지 않았다. 부부 가 열심히 부지런히 일한다면, 마음만 합심한다면 무서울 게 없었다.

결혼한 지 6개월 만에 500만 원짜리 전세방을 얻었다. 산통계(算筒契) 에서 1번을 타고 홀치기로 수출품 뜨개질을 하면서 억척같이 모은 돈이 었다.

전세방에서 채 1년도 안되어 800만원 전세방을 다시 얻었다. 그 방에 서 첫아이가 태어났다.

그때 그만 어이없는 일을 저지르고 말았다. 주인집 아들이 어린 아이 있는 것을 질색해서 욕하는 서러움에 다른 집 전세방을 구하러 다니다가 2천만 원짜리 한옥 집을 계약하고 말았던 것이다.

그 후부터 돈 때문에 큰 고민이 시작되었다. 남편에게는 그저 일만 부 지런히 하면 된다고 부추기고는 밤이고 낮이고 가계부와 싸웠다. 수익금 전부를 저축으로 돌리고 오늘은 지출이 얼마, 수입은 얼마, 누구 집에 얼마 빌리고, 어디에 얼마 빌리고 이리저리 궁리를 하니 점차 해결이 되어갔다.

80년도에 2천만원에 산 집을 5천만원에 팔아 작은 양옥집을 샀다. 어렵게 이룬 집이지만 자꾸만 저축해서 큰 집으로, 또 큰 집으로 옮겨갔다. 남편도 검소하고 나 역시 알뜰한 주부였기 때문에 가능한 일이었다.

현재 큰아이는 대학 1학년을 마치고 군복무 중이고 딸은 고등학교 2학년이다. 요즘같이 아이 키우기 힘든 때지만 나는 걱정이 없다.

지독한 엄마 밑에서 자린고비로 이름난 우리 집 아이들도 좋은 옷, 좋은 음식 먹고는 절대 저축할 수 없다는 것을 잘 알고 있기 때문이다.

잠자리 들기 전에 언제나 가계부 정리하는 나의 모습을 보기 때문이다. 연필 하나 사주어도 몽땅 연필과 교환했고 지우개도 없는 것을 확인해야만 사주었다. 큰 아이는 입학 때 사준 책가방을 6년 동안 메고 다녔다.

그래도 큰 불평은 없었다. 엄마가 워낙 알뜰하니까, 용돈이 생기면 쓸 줄도 모르고

"엄마, 돈 많이 쓰면 간 커져요."

하면서 도로 엄마에게 돌려준다.

그동안 어렵고도 가난했던 그 시절을 뒤돌아보면 알뜰하고 성실히 살아온 남편의 그늘이 있었기에 가정도 화목하고 자식도 건강하며 온 집안이 평화로울 수 있었던 것 같다.

지금은 늘 희망해왔던 전원생활을 하고 있다.

그 옛날 돈 많이 벌면 밤이면 소쩍새 울고, 개구리 소리, 귀뚜라미 소리 들리는 아늑한 시골에 전원주택을 짓고 살리라고 했던 꿈을 이룬 것이다.

산에 가면 산나물, 들에 가면 들나물, 고추며 참깨며배추와 콩 등은 물론 채소도 입맛대로 직접 재배하니 생활도 신토불이인 셈이다.

정원에 심어놓은 꽃나무도 수십 가지나 된다. 이젠 건강을 위해서 등산하거나 밭에 나가 일하는 즐거움으로 살고 있다.

그렇지만 지금도 가계부와 일기는 하루라도 안 쓰고 안보면 잠을 이룰 수 없는 습관이 되었다.

스물세 살 때는 가계부 쓰는 것이 소문이 나서 방송국에도 출연한 적이 있다. 많은 주부들이 비결을 물어와 가계부 덕에 유명해지기도 했다.

어느덧 내 나이 오십이 내일모레이다. 나는 아마 죽을 때까지, 영원히 가계부와 함께 할 것이다.

(이분란)

129

단돈 만 원의 행복

　십년 전 쯤 우리 가정에는 행복한 일 한 가지와 행복하지 못한 일 한 가지가 있었으니, 행복한 일 한 가지는 소중한 첫아이를 낳은 일이고 행복하지 못한 일은 남편이 사기를 당한 끝에 그 충격으로 직장까지 그만 둔 일이다.

　남편은 당시 자동차 판매영업을 했다. 마침 아이도 생기게 되어 더욱 박차를 가해 열심히 일하고 있었는데, 어느 날 믿었던 사람에게 사기를 당해 큰 손실을 본 것이다.

　금전적인 손실도 크려니와 무엇보다도 상대방으로부터 받은 배신감이 더욱 큰 상처로 남았던 남편은 사회에 대한 불신감까지 겹쳐 일할 의욕을 완전히 상실했었다.

　그러나 나까지 멍하니 하늘만 바라보고 있을 수만은 없었다.

　실의에 빠진 남편의 기를 살리기 위해서도, 아기를 위해서도 무엇인가 해야 했다.

　나는 남편의 자존심에 상처라도 갈까 될수록 내색하지 않고 주부가 집에서 할 수 있는 일이라면 무엇이든지 다 찾아 하기 시작했다.

그러기를 1년여 만에 남편은 다시 마음을 다잡고 일하기 위해 다니던 회사를 알아보았다

그러나 있던 사람도 정리 해고한다는 소식에 결국 택시 기사를 하기로 했다. 워낙 경기가 불황이라 택시업계도 손님이 줄어 힘든 상태였으나 남편의 새로운 일자리는 우리에게 새로운 행복을 가져다주었다.

남편은 식사비를 줄이기도 하고 손님이 많은 날 등 거금(?) 만원을 떼어 우리만의 데이트를 해주었기 때문이었다.

만 원 한 장으로 우리는, 작은아이를 유모차에 태우고 큰 아이의 손을 잡고 가까운 재래시장에 가서 튀김도 사먹고 반찬거리도 사는 등, 그리고 돌아오는 길엔 아이스 바를 하나씩 물고 오는 행복을 마음껏 누렸다.

그때마다 남편은 2만 원 3만 원을 쓰지 못해 우리에게 미안해했다.

그런 남편이 몹시 고맙고 안쓰러웠다. 그래서 나는 남편의 눈을 맞추며 이렇게 말했다.

"세상에 나보다 행복한 여자 있으면 나와 보라고 해요."

(홍기남)

시어머니의 지갑

어머님이 많이 편찮으시다는 시아버님의 전화가 날아들었다.

전화를 끊는 순간 어머님의 건강 걱정보다는 병원비를 또 마련해야 할 걱정에 은근히 화가 났다.

웬만하면 이제 당신들이 알아서 하셔야지, 지금까지 지푸라기 하나 보태준 적 없으면서 한두 번도 아니고…. 꼭 없는 자식에게 이렇게 경제적으로 올가미를 던지셔야 하나?

빨리 오라는 독촉 전화가 몇 번 왔으나 남편에게는 알리지 않았다.

저녁을 먹고 있는데 전화벨이 또 울린다.

"애비 들어왔나, 안 들어왔나?"

"지금 막 들어와서 밥 먹고 있는데요."

"에미는 아파서 다 죽어 가는데 자식이 밥이 넘어가나, 목구멍으로!"

"밥이나 먹고 갈게요."

"다 필요 없다. 새끼 나서 뭐 할끼고. 죽어도 오지 마라, 알았나?"

남편과 나는 가까스로 20만 원을 마련해 서둘러 어두운 밤공기를 가르며 달려서 시어머니를 삼성병원 응급실에 모셨다.

　새벽 2시 30분. 온갖 검사를 다했으나 의학적인 소견으로는 이상이 없다는 것이었다. 시누이와 동서가 십만 원씩을 모아 어머님께 드렸다.

　"어머니, 저 돈 좀 주세요."

　"안 줄끼다. 내가 돈이 어데 있노."

　눈물이 났다.

　우리 돈은 먼저 본 사람이 주인이다. 돌려받은 일은 한 번도 없었다. 매번 그랬다.

　어머니가 잠깐 자리를 비운 사이에 나는 천인공노할 돌이킬 수 없는 과오를 저지르고 말았다. 돈에 눈이 뒤집힌 것이다. 어머니의 지갑에서 20만 원을 꺼낸 것이다.

　다음날 한참동안 지갑을 뒤적이시던 어머니가 말씀하셨다.

　"에미야. 와 지갑에 돈이 없노?"

　"어머님이 우리 돈 20만 원 주셨잖아요? 정신이 없으신가 보네요."

　이렇게 말씀드리는데 가슴이 철렁 내려앉았다.

　"내가 언제 너보고 돈 주더노?"

　어머니는 가방을 챙겨서 뒤돌아보지도 않고 차가운 바람을 내며 집으로 돌아가셨다.

　심상치가 않았다. 저녁에는 온 집안이 발칵 뒤집혔다.

　"내다. 어데 니가 내 지갑에 손을 대노? 어데서 배운 버릇이고? 친정에서 그렇게 가르치드나? 못된 거 같으니⋯. 너거 큰딸 돌잔치 때도 2만 원이 없어졌는데 니가 가져 갔재? 애비도 알고 있나?"

나는 내 잘못을 후회할 겨를도 없이 친정 부모님까지 부끄럽게 만들었다. 그때 남편이 들어왔다. 수화기를 받아 들고 한참을 있더니 갑자기 언성이 높아졌다.

"며느리가 도둑년이라고, 더 크게 떠들고 소문내소. 40만 원 가지고 20만 원 병원비하고 20만 원 남으면 계산이 맞는데 뭐요? 집사람 잠도 못자고, 한두 번도 아니고, 그만큼 고생했으면 됐지 뭐⋯. 마 전화 끊으소."

남편의 배려 속에 위기일발의 사태는 가까스로 수습이 되었다. 하지만 온 식구의 거리가 멀어지고 침묵의 몇 달이 지났다.

어머님 생신날, 죄를 진 나는 20만 원으로 정성껏 한약 한재를 달여 가져갔다.

"에미야, 미안하데이⋯. 부모가 도와주지도 못하고 고생만 시켜서⋯. 니 욕보고 산데이⋯."

무릎을 꿇고 사죄를 드리는데, 방바닥으로 눈물이 주루룩 흘렀다.

"어머님, 정말 죄송합니다. 제가 돈에 눈이 멀었습니다."

(황외돌)

부자가 되면 뭘해

"아빠! 또 콜택시 타고 다녀요?"

여섯 살 난 딸아이의 말에 흥청망청 돈을 쓰고 다니던 지난날의 내 모습이 떠올라 가슴이 아려 온다.

몇 년 전의 일이다.

나는 그 동안 모은 돈과 은행 대출을 받아 점포를 얻어 젊은 사장이 되었다.

직장에서 월급을 타서 생활을 할 때와는 비교할 수 없을 만큼 수입이 좋았다. 처음에는 금방 '부자가 되겠구나' 하는 생각에 저축도 많이 했다.

하지만 나의 흥청망청하는 생활 태도 때문에, 처음 조금씩 막히기 시작하던 자금난이 금방 저축한 돈을 바닥내고 곧이어 나는 카드 대금 독촉에 시달리는 신세가 되었다.

잘 벌 때 조금만 아꼈으면 하고 후회하기도 했지만 그때는 이미 늦었음을 알게 되었다.

조금만 걸어가면 버스를 타고 출근할 수 있고 바쁘면 택시도 탈 수 있는데 콜택시를 타거나 하루에 8만 원씩 하는 렌트카를 타고 다녔으니, 아무리 돈이 많이 들어와도 밑 빠진 독이었다. 매일매일 현금을 만지는 장사를 하다 보니 돈 무서운 줄 모르고 쓰고 다닌 탓에, 아차 하고 후회했을 때는 점포의 운영은 이미 회생할 수 없는 상태가 되었던 것이다.

할 수 없이 도망치다시피 고향으로 가서 조리사의 길을 택할 수밖에 없었다.

악몽 같던 지난 일을 뉘우치고 다시 태어난 기분으로 죽어라 일만 하여 1년이 지난 지금은 빚과 카드 대금도 청산하고 아무 부담 없이 미래를 설계할 수 있게 되었다.

어제는 주택부금 통장을 만들었다. 그 통장을 보고 있으니 꼭 내 집이 생긴 것 같은 기분이 들었고 통장에 희망과 미래가 있는 듯 했다.

이제는 하루에 네 번 갈아타가면서 버스로 출퇴근을 한다.

지난날의 쓰라린 경험이, 이제는 돈을 어떻게 써야 하는지를 알게 해주었다. 무엇보다도 아빠로서의 떳떳함과 설 자리를 찾게 해주었던 것이다.

돈은 버는 것보다 쓰는 것이 더 중요하다는 어른들의 말씀이 이제는 이해가 된다. 힘들게 일해서 번 돈을 아무렇게나 쓸 수는 없는 일이다. 동전만 생기면 저금통에 넣는 내 딸 푸름이를 생각하면 지난날의 나의 모습이 정말로 부끄럽다.

이제는 부자가 되더라도 꼭 필요한 곳에만 쓰는 구두쇠가 되고 싶다.

(전기현)

충청도 아버지

흔히 무뚝뚝한 사람을 경상도 사나이 같다고 말한다.

'아아는? 밥 도! 자자ー.'

이 세 마디로 하루를 보낸다는 우스개 소리도 있다.

그런데 충청도 사나이면서 경상도 사나이 못지않은 무뚝뚝함을 가진 이가 바로 우리 아버지다. 웬만한 질문엔 침묵이시고(침묵은 긍정의 표시이다), 말씀하시더라도 꼭 필요한 몇 마디로 끝내신다.

가끔 집으로 전화를 하시는데

"식사는 하셨어요?"

라거나

"날씨가 너무 더워 고생이시죠?"

라는 인사라도 하려면 '식사' 혹은 '날씨' 라는 단어도 끝내기 전에 '뚜우 뚜우' 하는 신호음이 들린다. 용건만 말씀하시고는 전화를 끊으신 게다.

지금이야 '참, 멋도 없으셔' 하고 웃어넘기지만 어린 시절에는 심각한 고민거리였다.

그 당시 내가 그릴 수 있는 아버지 모습은 놀이터에서 같이 놀아주고, 동화책을 읽어주며 잠을 재워주시는 모습뿐이었다.

그런데 우리 아버지는 너무나 다르셨다. 내가 아기였을 때에는 안아주고, 무등도 태우고 하셨다지만 내가 철이 들기 시작할 무렵부터는 눈 한번 맞추기도 힘들었다.

뿐만 아니라 어쩌다 내가 손이라도 잡으려하면 징그럽다며 손을 뿌리치기 일쑤셨다.

자기 딸이 받아온 개근상까지 액자에 넣어 벽에 걸어두시던 친구 아버지가 얼마나 부러웠던지. 이에 비해 내가 타 온 우등상장을 한번이라도 읽어 봐 주신 모습의 기억이 없던 내게는 큰 상처로 남았었다.

오죽하면 나는 '주워 온 아이라서 그러시는 걸까?' 라고 생각했을 정도였다..

이런 아버지의 모습이 달라진 일이 있었다.

내가 고등학교에 입학하던 해였다.

"새벽부터 학교에 가려면 필요할 게다. 고급은 아니야."

하시며 아버지가 작은 상자를 건네 주셨다. 열어보니 작은 전자 손목시계가 들어있었다. 아버지에게 처음 받은 그 선물은 마법의 시계였다. 그 다음부터 아버지의 다른 모습이 보이기 시작한 것이다.

내가 착한 일이라도 한 가지 하면 그 일을 기억하셨다가 몇 달 후까지 친척 분들에게 자랑을 하셨고, 늦은 귀가를 기다렸다가

"잘 다녀왔니?"

한 마디 건네시는 아버지로 바뀌신 것이다.

어릴 때부터 한 가족의 생계를 책임져야 했던 아버지는 힘든 하루하루 속에서 자신의 감정을 감춰야 했고, 후에까지도 그것이 이어져 그 누구보다 무뚝뚝한 성격으로 변한 것이라는 것을 이해하는데 꼭 20년이란 시간이 필요했다.

마음까지도 메마른 것이 아니라 단지 표현이 서툴렀을 뿐이라는 사실을 알기가 왜 그리도 힘들었던지. 나에게만은 세상에서 가장 소중한 것을 애써 감추려 하시는 아버지의 마음이다.

물려줄 것은 재산이 아니라 '그 집 자식이면 틀림없어' 라는 이웃의 인정이라며 열심히 사시는 아버지의 따뜻한 사랑이 얼마나 소중한지 모르겠다.

(백지선)

장롱 속의 비밀

정말 너무도 힘든 요즈음이다.

실직이다 해고다 하는 소식에 '가족 동반 자살' 이란 비극적인 사건들까지 텔레비전 화면에 보도될 때면 '오죽하면 저럴까' 싶어 내 마음도 덩달아 무거워진다.

그러면서 세상에 남몰래 한숨짓는 많은 남편들처럼 '우리 남편도 힘들텐데…' 하는 생각을 하니 마음이 아프다.

"안돼, 이럴수록 힘을 내야 돼."

작은 소리로 외쳐보며 장롱 한 칸을 가득 채운 우리의 보물 상자를 열었다.

그동안 아무에게도 보여주지 않고 소중히 간직해오다가 힘들 때면 꺼내 보던 보물을 조심스레 손에 들었다. 만나서 결혼하기까지 8년 동안 우리의 사랑을 이어오던 1,500여 통 편지가 수북이 쌓여 있는 것이다.

그 중에서도 첫 번째로 받은 편지를 꺼내들었다.

그때의 설레임이 아직까지 생생하게 남아 있다.

'사람이 태어나서 성장하면 한 남자는 한 여자를 만나고, 한 여자는 한 남자를 만나는 건 사실인데, 당신과 내가 만났으니, 우리 헤어지지 말고 서로 많은 대화를 하며 행복하게 한 길을 걷자'

나에겐 이 글이 지금처럼 힘들 때는 큰 힘이 되는 것이다.

나는 딸들이 더 성장하면 보여주려던 마음을 바꿔 딸들을 불러 모았다.

내 보물을 딸들에게 보여주었더니 "와!" 하며 탄성을 지른다.

일곱 살 난 야무진 작은딸은 이것저것 꺼내보면서

"나도 이 다음에 크면 아빠, 엄마처럼 편지를 매일 써서 아빠, 엄마보다 더 많이 모을 거야."

라며 샘을 낸다.

아무것도 가진 것이 없어도 우리의 행복을 이어준 이 보물만 있으면 어떠한 어려움도 헤쳐 나갈 수 있는 힘이 생기리라고 나는 확신한다.

금, 은 보석 대신 사랑의 편지로 채워져 있는 장롱 속이 반짝반짝 빛나는 것 같아 눈이 부시는 밤이다.

(김옥순)

아들딸과의 약속

오늘 저녁은 비빔밥을 먹기로 했다.

콩나물을 무치고 된장찌개를 풋고추 숭숭 썰어 넣어 끓인 후 뜸이 다든 밥을 커다란 함지박에 퍼 담았다. 거기에 참기름을 한 숟갈 넣고 비비니, 벌써 남편과 아이들은 침을 꼴깍 삼킨다. 그리고는 함지박에 달려들어 머리를 맞대고 맛있다며 서로들 조금이라도 더 먹으려고 하는 모습을 보면서 나는 행복을 느낀다.

수많은 사람들이 직장을 잃고 방황하는가 하면 가정이 붕괴되고 자살자와 이혼율이 급증하는 등의 어두운 기사가 온통 신문 지면을 덮고 있는 우리 사회는 심각한 경제 위기의 한 가운데에 서 있다고 한다. 이럴 때일수록 가족 구성원간의 신뢰가 돈독해져야 하리라고 생각한다.

얼마 전 모 TV의 한 시사고발 프로그램을 보고 경악을 금치 못한 적이 있다. 친 아빠와 계모가 짜고 전 처 소생의 딸을 굶기고 때리는 등 무자비하게 학대하여 결국 아이가 죽자 자기 집 마당에 묻었고, 전처소생의 아들 또한 어찌나 학대를 하고 굶겨놓았는지 1주일만 늦게 발견하였더라면 그 아이 역시도 비참한 경우를 당했을 거라는 방송이었다.

그 방송을 보면서

'과연 인간이 저럴 수가 있을까'

하고 몸서리를 쳤다. 금수만도 못한 인간이라는 비난이 쇄도하고 재방영을 바라는 시청자의 요구로 이 프로그램은 3일 후에 재방송을 하기에 이르렀을 정도로 사회에 엄청난 파문을 일으킨 사건이었다.

사람은 사람다워야 사람이지 사람답지 못할 땐 금수만도 못한 인간이라고 욕을 먹는 것이 당연하다는 생각이 절로 들었다.

그 방송을 보면서 나는 새삼 가족 사랑의 소중함을 깨닫는다.

조금은 진부한 표현일지 모르겠으나 나에게는 아들과 딸이 이 세상에서 그 어느 것과도 결코 바꿀 수 없는 가장 소중한 보물들이다. 착하고, 예의 바르고, 공부 자라고, 말썽 또한 피우는 일이 없어 여태껏 나는 두 아이에게 체벌을 가한 적이 한번도 없다.

자기 자식 자랑은 팔불출이라지만, 어쨌든 나는 우리 두 아이를 사랑한다. 또한 아무리 사소한 것일지라도 아이들과 약속한 것은 여태껏 그 약속을 지켜왔다. 앞으로도 아이들에게 한 약속은 꼭 지키려고 한다.

얼마 전, 남편이 글을 잘 쓰는 분에게서 우리 집 가훈을 써서 얻어왔다며 액자로 만들어서 가져왔는데, 그 내용은 '정직, 성실, 신용'이었다. 다 맘에 드는 글귀지만 난 그 중에서도 '신용'이란 말이 가장 마음에 와

닿았다. 신용이 있는 사람은 얼마나 믿음직한가. 특히나 요즘 같은 시대
에는….

　'그래 내 아들딸들아. 험한 세상을 헤치고 나아가기가 쉽지 않겠지만
부디 신용 있는 사람이 되어다오. 내가 너희들에게 언제나 내가 한 약속
은 지켰듯이 너희들도 너희가 한 약속은 지킬 줄 아는 신용 있는 사람이
되어주길 바란다.

　'너희들을 사랑한다.'

(황복희)

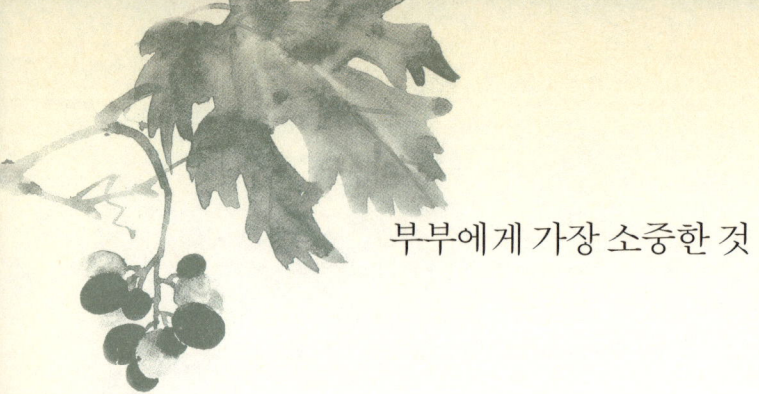

부부에게 가장 소중한 것

내가 이 세상에서 가장 존경하는 분은 다름 아닌 시아버님이시다.

남들은 '시' 자가 붙으면 강아지도 조심스럽다고 말하기도 하지만 나의 생각은 틀리다. 우리 아버님이야말로 나와 남편에게 이 세상에서 가장 소중한 것이 무엇인가를 일깨워 주신 분이시다.

얼마 전 우리 내외가 사소한 일로 싸움을 한 적이 있었다. 생각해보면 아무것도 아닌 일인데 둘이 토라져 집안 분위기가 어두웠다.

그런데 무엇이 통했는지 늦은 시각 예상치 못하게 아버님이 우리 집에 오신 것이다.

물론 남편과 나는 아무 일도 없었다는 듯 평소와 같이 행동하였다. 그러나 아버님께서는 무슨 눈치를 채셨는지 우리를 부르시더니 부드러운 목소리로 남편에게

"이 세상에서 가장 소중한 보물은 아내이니라. 네가 그 보물을 함부로 취급한다면 남들도 그 보물의 가치를 몰라주고 함부로 다룬다."

고 말씀하셨다.

그리고 나에게도

"아무리 귀중한 보물이라도 그 진가를 인정받으려면 그 보물이 어떤 모습으로, 어디에, 누구에게, 있느냐에 달렸다. 주인에게 값어치를 인정받는 것은 보물 자신이 만드는 거다."

라고 말씀하시곤 이른 새벽 떠나가셨다.

아버님께서 떠나시자 나는 남편과 다투었던 일이 큰 후회가 가슴속 깊은 곳에서부터 밀려와 남편에게 사과했다.

남편도 오히려 자기에게 잘못이 있다며 내게 용서를 빌었다.

아버님의 그 말씀이 있은 후로 우린 서로를 이해하려고 노력하고 서로의 마음속에 가장 귀중한 보물을 간직하게 되었다.

그리고 누가

"이 세상에서 가장 귀중한 보물이 뭐냐?"

고 물으면 선뜻 대답한다.

"아내는 남편이고 남편에겐 아내다."

라고.

지금도 어쩌다 언짢은 일이 있을 때마다 우린 아버님의 그 말씀을 떠올린다. 그리고 이 세상에서 영원히 변치 않는 가장 값진 서로의 보물이 되기 위해 사랑과 이해로 오늘도 열심히 살아간다.

(권덕희)

연두색 한복

나는 결혼을 하고 나이 40이 되었어도 어머니라는 존재는 자식을 위해 희생하시고 모든 걸 다 바쳐 뒤치다꺼리를 하는 걸 지극히 당연한 것으로 착각하며 살아왔다.

어머닌 몸집이 작고 허약했지만 그 누구보다도 자식들을 금지옥엽으로 키우셨다. 밥도 꼭 따뜻하게 새로 지어 주셨으며 학교가 끝나고 집에 갈 땐 골목 어귀에 마중 나와 기다리셨다. 자신을 위한 시간은 조금도 없이 평생을 자식들을 위해 고생만 하셨다.

그런데 그처럼 깔끔하시고 부지런한 어머니께서 그만 몹쓸 병에 걸리고 말았다. 하지만 그 순간에도 오히려 자식들에게 폐를 끼친다면서. 어머니는 끝가지 자식들 걱정만 하셨다.

어머니가 병에 걸리자 누군가가 모셔야 한다는 말이 나왔다. 그러자 동생들은 자신들은 도시에서 살고 또 직업상 도저히 어머니를 모실 처지가 안 된다며 나에게 양해를 구했다.

그때부터 난 어머니를 모시게 되었다. 곁에서 나날이 야위어 가는 어머니를 보면서 어머니가 나에게 지금까지 퍼주신 사랑을 생각하게 되었다.

과연 어머니께 몇 천분의 일만큼이라도 돌려드릴 수가 있을까?

어머니는 음식도 제대로 드시지 못하고 거동도 점점 하지 못하셨다.

그러던 어느 날, 어머니가 내 손을 꼭 잡으시고 아무 말씀도 하지 않은 채 쳐다보시기만 하셨다.

"뭐, 하실 말씀 있으세요?"

라고 하자 어머닌 고개를 천천히 돌리시면서 어머니가 아끼던 연두색 한복을 한번 보고 싶다고 하셨다.

난 어머니께 그 한복을 보여드렸다. 곱게 한복을 쓸어보시는 어머니를 보면서 난 눈시울을 적셨다.

그렇게 내가 어머니를 모신 지 꼭 6개월 만에 어머니는 돌아가셨다.

따뜻한 밥 한 끼를 배부르게 잡수시지도 못하신 어머니, 또 예쁜 옷도 입지 못하신 어머니께 죄책감으로 난 어찌해야 좋을지를 몰랐다.

세월이 흘러 천지가 푸르름으로 가득한 계절이 돌아왔다.

앵두나무에서 앵두가 빨간 구슬처럼 익어가고 알싸한 향기의 감자 꽃이 활짝 필 무렵, 연두색 한복을 곱게 입으시고 초록 들판의 훈풍을 받으며 총총히 걸어오시던 어머니가 날 보며 환하게 웃으시는 모습에 가슴이 저며 온다.

(김정희)

부부

남편을 믿었습니다

　칭얼대던 딸아이를 재워놓고 한쪽 구석에 수북이 쌓여 있는 오색 빛 고운 빛깔의 액세서리 바구니를 상 위에 쏟아 놓았다.

　양미간을 찌푸려가며 바늘구멍보다도 더 작은 구슬구멍에 실 꿰기를 한 지도 꽤 오래되었다.

　하루 종일 쪼그리고 앉아 일해 봐야 하루 만 원 정도의 수입이 고작이지만 우리 세 식구가 사는데 조금이라도 도움이 된다면 나는 열심히 할 것이다.

　시계를 보니 남편이 퇴근할 시간이 훨씬 지났다. 그러나 나는 걱정하지 않는다. 남편은 완전히 딴 사람으로 변했기 때문이다.

　1년 전, 느닷없이 날아온 카드 회사의 요금 청구서를 보고 나는 까무러칠 뻔했다. 청구서에는 남편의 봉급 전체 액수가 적혀 있었던 것이다.

　나는 이게 도대체 어찌된 일이냐고 남편을 붙잡고 늘어졌다. 그러자 남편은 내 눈을 똑바로 쳐다보지 못하고 우물쭈물 거렸다.

순간 나는 '여자 문제'라고 생각했다.

그런데 알고 보니 '여자'가 아니라 '도박'이 문제였다.

어려서부터 가난을 지겹도록 겪었기 때문에 나와 딸아이만큼은 고생을 시키지 않겠다고 입버릇처럼 말하던 남편이었다. 그런 남편이 '도박'에 빠지다니.

나는 그만 하늘이 무너지는 것 같았다. 지난 5년 동안 고생했던 결혼 생활이 주마등처럼 지나갔다.

여고 졸업 후 첫 직장에서 남편을 만났다. 깍듯한 말씨에 남을 배려할 줄 아는 마음씨가 무척 좋았었다. 더군다나 일의 성실성까지 인정받아 사장님으로부터 신임이 두터웠고 여사원들한테도 인기가 꽤 있었다.

그러던 어느 봄날, 남편이 내게 사랑을 고백해왔다.

나는 기쁜 마음으로 사랑을 받아들였다. 하지만 그 기쁨도 잠시, 남편이 그의 과거를 얘기하자 나는 갈등에 싸일 수밖에 없었다.

남편은 어려서 부모를 잃고 친척집을 전전긍긍하다가 집을 뛰쳐나와 중학교까지밖에 안나왔다고 했다. 그러나 중요한 건 그의 학력이 아니라 절도범으로 유치장까지 드나들었다는 데 있었다.

그것도 세 번씩이나.

"너에게 거짓말 할 수도 있었지만 그러고 싶지 않았어. 나도 이제 하늘을 똑바로 쳐다보면서 인간답게, 그리고 당당하게 살고 싶어. 너랑 같이."

그의 솔직한 눈을 대하자 나는 그의 사랑이 진심임을 알았다.

나는 그와 결혼하리라고 결심했다. 하지만 부모님이 문제였다.

그가 고아라는 사실만으로도 부모님은 펄펄 뛰셨다. 그러니 다른 얘기는 입도 뻥긋할 수가 없었다.

남편과 우리 집 대문 앞에서 찬 기운이 뼛속까지 스며드는 시멘트 바닥에 꿇어앉아 꼼짝 않기를 서너 시간. 끝내 우리는

"이 남자와 결혼하면 너는 우리 집 자식이 아니다."

라는 말밖엔 들을 수가 없었다.

고향을 떠나오면서 나는 이를 악물었다. 어차피 내가 선택한 남자이다. 내가 헤쳐 나가야 할 인생이었다.

장밋빛 미래를 장담할 수는 없지만 그와 함께라면 어떤 고난도 참아낼 수 있을 것 같았다.

우리는 정식 결혼식은 아니지만 벼룩시장을 통해 무료로 웨딩드레스를 빌려 둘만의 언약식도 치렀고 혼인신고도 했다. 정식 부부 사이가 된 것이다.

남편과 나는 같이 벌기 시작했다.

나는 토큰 값, 공중전화 값 50원도 빠뜨리지 않고 가계부에 기입했다. 동료들의 눈치를 보면서 쓰다만 립스틱을 얻어다가 발랐고, 화장품은 샘플을 얻어서 썼다.

남편은 남편대로 담뱃값을 아껴 퇴근길에 과일 봉지를 사들고 왔고, 딸

이 태어난 후로는 담뱃값도 아깝다며 아예 '금연'을 선언했다.

"당신은 무슨 낙으로 살아요?"

하고 물으면 남편은 나를 쳐다보면서 이렇게 말했다.

"당신은 몰라, 지금 내가 얼마나 행복한지. 내 인생에도 이렇게 행복할 때가 다 있나 싶어. 예전엔 결혼도 못할 줄 알았지. 누가 나 같은 놈한테 시집을 오겠어? 여보, 고마워."

남편은 틈만 나면 통장을 꺼내 보며 큰 집을 짓고 행복하게 살자며 희망으로 가득 차 있었다.

그러던 남편이 도박에 손을 대다니….

나는 동네 어귀의 낡은 의자에 앉아 생각을 거듭했다.

어떻게 대처해야 할지 생각이 나질 않았다. 뚜렷한 대책이 떠오르지 않자 안되겠다 싶어 일단 집으로 들어갔다. 어떻게든 남편과 해결을 해야 했다.

집으로 들어가니 곤히 잠자고 있는 딸의 얼굴이 보였다. 울컥 눈물이 솟았다.

나는 방바닥에 주저앉아 엉엉 울었다. 구석에 푹 고꾸라진 채 땅바닥을 응시하고 있던 남편이 놀라서 내게 다가왔다.

"울지 마! 내 분명히 약속할게. 다시는 도박에 손 안댈 게. 미안해 여보."

다행히 천성이 착하고 물욕이 없는 남편은 두 번 다시 도박에 손을 대지 않았다.

그 날 이후 우리는 전보다 더욱 허리띠를 조여 매고 살고 있다. 지금은 비록 물질적인 풍요를 누리지는 못하지만 착한 남편과 예쁜 딸이 있기에 하루 종일 꼼짝하지 않고 구슬을 꿰어야 하는 수고도 나름대로 견딜만하다.

지금의 고생을 나중에 옛말하며 웃을 때가 있을 거라는 남편의 말이 물거품이 아님을 나는 믿는다.

(추양순)

선생님, 금메달 땄어요

가정형편이 어려웠던 나는, 낮에는 사업장에서 학비를 벌고 밤이면 졸린 눈을 비벼가며 학구열을 불태우던 야간 중학생이었다.

나보다도 어머니가 가난할수록 배워야 살아 갈 수 있다며 열성적이셨다.

나말고도 우리 반의 모든 학생들은 한결같이 가난한 집안의 딸들이어서 어려운 환경과 싸우면서 지내야 하는 형편이었다.

어머님은 늦은 밤이면 가끔 학교까지 마중 나오셔서 내게 용기를 북돋아 주셨다.

그때 우리를 가르치셨던 담임선생님께선 항상 용기를 잃지 말라는 격려와 함께 우리의 교육에 온 정성을 쏟으셨다.

우리들은 그런 선생님의 말씀에 힘을 얻고, 용기를 잃지 않으며 열심히 노력했고 그 결과 단 한 명의 낙오자도 없이 모두 졸업식장에 설 수가 있었다.

그런 우리들을 선생님께서는 무척이나 자랑스러워하시면서

"사회에 나가서도 결코 기죽지 말고 3학년 3반의 학생들답게 열심히 생활해야 한다."

는 말씀과 함께 우리들의 어깨를 두드려 주셨다.

그 덕분에 우리는 다른 좋은 환경, 훌륭한 환경을 갖고 있는 아이들 못지않게 큰 꿈과 야망을 가슴에 품고서 사회에 첫발을 내딛을 수가 있었다.

어머니의 기쁨도 대단해 동네 사람들에게 자랑하시곤 했다.

그러나 불행하게도 나는 한창 꿈을 펼치고 날개를 펼쳐야 할 스물아홉 살의 나이에 교통사고로 몸의 반쪽을 잃어버렸다.

반신불수가 된 것이다. 나는 너무나도 막막한 현실 앞에 오열하며 나 자신에게 온갖 저주를 퍼부어가며 세상을 증오했다.

어머님의 슬픔은 말 할 수 컸지만,

"어떻게 하겠니? 모두 다 운명으로 받아 드리고 새 출발 하자꾸나."

"싫어! 싫단 말이야! 죽어 버릴 테야."

나는 음식조차 거부한 채 죽기만을 바라고 있었다.

나 자신을 그렇게 파괴시키고 있을 때, 어떻게 어머니가 연락하셨는지 선생님이 나를 찾아오셨다.

선생님은 내가 가진 육신의 장애보다 더 병들어있는 내 마음의 병을 안타까워하시며 나를 호되게 야단치셨다.

"너, 이정도 밖에 안 되는 아이였어? 내가 너를 어떻게 가르쳤는데. 너에게 내가 누누이 강조한 말이 있을 거야. 자기 자신을 사랑할 줄 알아야 한다고. 그런데 너의 모습을 한 번 봐봐. 이게 뭐야? 지금 이 모습이 내가 그토록 아끼고 자랑스러워하던 제자의 모습이란 말이야? 네가 내 제자라면 빨리 털고 일어나. 너는 분명히 다시 일어설 수 있어. 이까짓 장애쯤은 충분히 극복하고 바로 설 수 있단 말야.!"

나는 선생님의 품에 안겨 한없는 울음을 토해냈다. 그날부터 나는 일어서는 연습을 했고, 장애인일 수밖에 없는 나를 받아들였다.

그 후 3년이 지나 나는 '전국장애인 체육대회'에 출전하여 금메달을 목에 걸었다.

금메달을 목에 걸고 제일 먼저 달려간 곳은 학교였다. 선생님과 얼싸안은 나는 감격의 눈물을 흘렸다. 선생님은 말없이 내 손을 잡아주셨다.

그런데 그런 고마운 선생님을 결혼하고 살림살이에 바쁘다는 핑계로 찾아뵙지 못하고 살았다.

선생님! 죄송해요. 스승의 날엔 친정어머니와 함께 꼭 찾아뵐게요.

(조순자)

사촌바위 언덕에서

난 오늘도 20년 전의 첫 사랑을 생각하며 오월의 따사로움을 즐긴다.

보고 싶어도 만날 수 없고, 사랑하지만 차마 사랑한다고 말할 수조차도 없었던, 소중했던 나만의 그 사람을 가슴으로 새겨보는 것이다.

때로는 오빠 같고, 또 때로는 연인으로 다가오는 그 사람을 알지 못했더라면 한숨으로 얼룩진 내 삶은 너무나 삭막하였을 것이다.

이렇게 소중한 그 사람을 알게 된 것은 20년 전, 유일한 나의 친구였던, 낡은 라디오 덕분이었다.

그 해 가을이었다.

어떤 음악 프로그램에 듣고 싶은 음악과 짧은 사연을 엽서로 보낸 적이 있었다.

그리고 그 사실마저 까맣게 잊어버리고 있던 어느 날, 아주 생소한 사람으로부터 편지 한 통이 날아왔다.

본인의 소개와 함께

'서로 외로움을 타는 사람끼리 펜팔 친구로 지내자'

라는 말이 가지런히 써 있었다. 항상 집안에서 휠체어를 타고 다람쥐 쳇바퀴 돌 듯 하던 나였기에 낯선 남자의 편지를 받으니 한편으론 겁이 났지만 또 한편으론 가슴 떨리는 설렘도 있었다.

하지만 '나 같은 장애자가 감히 펜팔이라니' 라는 생각이 불현듯 들었다.

그래서 난 그 사람에게

'전 당신과 글을 나눌만한 자격이 없는 사람입니다. 미안합니다'

라는 답장 아닌 답장을 보냈다.

그러자 그는 다시 편지를 보내왔다.

난 그에게 내 사정을 이야기했다.

그는 그것은 별로 중요한 게 아니라고 했다.

'어떻게 이런 사람이 다 있을까'

라는 생각이 들었다.

결국 우린 펜팔 친구가 되었고 그는 곧 나의 정신적인 지주가 되었다.

나는 다른 사람에겐 털어놓지 못하는 고민도 그에겐 다 털어놓았고, 속 상한 일이 있으면 그에게 모조리 이야기했다. 그러면 그는 조언과 따뜻 한 위로의 말로 용기를 불어넣어 주었고 매일 편지를 써서 나의 건강을 염려해주고 안부를 물었다.

그렇게 편지를 주고받던 어느 날 그는 나를 한 번 만나자고 했다. 하지만 나는 절대 그럴 수 없다며 완강히 거절했다. 그리고는 좋은 사람 만나서 빨리 결혼하라는 말을 했다. 그리고 또 한번 만나자고 하면 다신 편지를 쓰지 않겠다고 했다.

그는 내가 비록 얼굴 대신 글로나마 사귀어 보는 첫 사람이었지만 마음을 줄 수 있는 유일한 사람.

어느새 그를 사랑한다는 감정이 내 마음에 가득할 뿐이었다.

그러나 우리가 만약 얼굴을 마주 대한다면 사랑하고 있다고 고백하기는커녕 감히 그를 쳐다볼 용기조차 없었다.

나는 그의 앞길에 짐이 될 것이 분명했다. 그를 놓아주어야 한다는 강박 관념만이 나를 붙들고 놓아 주지 않았다.

그래서 나는 마음속에 말뚝을 박듯 결심을 굳혔다.

이 후 난 편지를 쓰지 않았다.

그 대신 부모님이 사는 고향 남해로 가는 기차를 탔다.

남해로 내려 온지 서너 달이 흘렀을까?

그날도 나는 휠체어를 타고 사촌바위로 나가 황혼이 지는 바다를 바라보고 있었다.

사촌바위는 깎아지른 듯 바다를 바로 코앞에 두고 있는, 일명 자살바위라고도 하는 곳인데, 지난번 지독한 몸살을 앓은 뒤 하루도 빠짐없이 나와 바다를 보는 나만의 장소였다.

처음 이 곳에 왔을 때 가족들은 내가 우울증에라도 빠져 어찌될까 불안해했지만 가족들 앞에서만은 웃음을 잃지 않았기에 이제는 혼자 이 곳에 와도 안심하는 곳이었다.

황혼은 오늘도 나를 유혹이라도 하듯 몹시 아름다웠다.

바람에 날아 온 꽃가지 일까?

휠체어 손잡이에 인기척이 있었지만 나의 마음은 온통 그 사람뿐이었으므로 신경 쓰지 않았다..

'그 사람은 육체적인 사랑 못지않게 마음과 마음으로 하는 정신적 사랑도 길고도 넓다는 걸 깨닫게 해 준 것 같아.'

마지막 정념을 태우며 바다 속으로 들어가는 태양을 보며 나도 함께 들어갔으면 좋겠다 생각하는데 뒤에서 어느 남자의 음성이 들렸다.

"사촌바위 대신 무촌은 안 될까요? 제가 무촌바위가 되어 드리고 싶습니다만…"

얼굴은 처음 보는 남자였으나 순간 찌릿! 하며 그가 펜팔의 주인공이라는 걸 직감했다.

귀를 간질이는 바닷바람이 훈훈하게 느껴졌다.

(나준서)

석유 할아버지

   풀벌레 소리가 정겹다. 바람결에 나뭇잎이 사각거리는 소리가 그리운 밤이다. 사방을 둘러봐도 아스팔트 뿐, 흙 한 점 밟아보기 어려운 곳이 서울이다.

   서울생활을 시작한 지도 벌써 1년이 되었다.

   정들면 고향이라지만 아직은 서울생활이 낯설고 아는 사람이 그립고, 정이 그리워진다. 이럴 때 생각나는 분이 꼭 한 분 있다.

   4년 전 쯤, 겨울방학을 이용하여 주유소에서 아르바이트를 할 때 알게 된 할아버지이다. 그 분은 시장에서 장사를 하는 분으로 2~3일에 한 번 꼴로 양손에 석유통을 들고 오셔서는 손수 석유를 사 가셨다. 배달을 시키시면 될 텐데도 그 분은 손수 와서 사 가셨다. 아마도 배달료를 절약하시려고 그랬던 것 같다. 한눈에 보기에도 절약과 검소가 몸에 배어 있는 분으로, 60이 넘으신 연세에도 억척스럽게 살아오신 것 같았다.

   나는 그 할아버지가 꼭 3년 전 돌아가신 친 할아버지 같은 느낌이 들어 정이 갔다. 그래서 할 수 있는 한 더 잘해드리고 친절하게 해드리려고 했다.

그렇게 시간이 점차 지나면서 그 할아버지와 난 가끔 농담도 하면서 커피도 마시는 친한 사이가 되었다.

할아버지는 그 후로 석유를 사러 오시면 꼭 내가 석유통에 석유를 담아주길 원하셨다.

누군가가 날 찾아준다는 건 매우 기분 좋은 일이다.

나도 그 할아버지가 오실 때마다 얼른 달려가 반갑게 맞았고, 사은품으로 나오는 휴지며 장갑 같은 것들을 챙겨드리고는 큰길까지 석유통을 들어다 드리곤 했다.

그러면 할아버지는 다 헤진 점퍼 주머니에서 눈깔사탕이나 땅콩 같은 것을 꺼내선 슬그머니 내 손에 쥐어주시면 영락없이 돌아가신 친 할아버지와 같은 착각에 빠지기도 하였다.

그러던 어느 날 뜻밖에 할아버지께선 나에게

"내가 저녁 사줄까?"

하시더니 근처 중국집으로 나를 데려갔다.

얼큰한 짬뽕 국물에 소주 한잔을 곁들이며 할아버지와 손자 같은 다정한 분위기로 우리는 저녁시간을 함께 했다. 소주잔을 비워내시면서 나를 가만히 쳐다보시던 할아버지는 내가 음식을 다 먹고 날 때쯤 입을 여셨다.

"무엇보다 건강해야 돼. 알았어? 공부도 열심히 하고. 그리고 성실이 최고야."

날 친손자처럼 챙겨주시던 할아버지. 그 할아버지로 인해 나의 서울생활은 외롭지 않았고 의지할 구석이 있어 좋았다.

　아르바이트를 한지 석 달 후 나는 군 입대로 인해 주유소를 그만둬야 했다. 그리고 그 할아버지와 어쩔 수 없이 헤어지게 되었다. 서울생활을 하면서 힘들고 외로울 때, 손을 내밀어주신 할아버지.
　붉어진 눈자위의 주름살 사이로 번져 나오던 미소와 주섬주섬 먹을 것을 챙겨주시던 할아버지.
　올 여름 휴가 때는 그 할아버지를 꼭 찾아서 따뜻한 저녁식사를 대접해야겠다.

(허정일)

밀가루 과자

가을 운동회를 하루 앞두고 여느 아이들처럼 설레임에 잠을 이루지 못해야 할 때 나는 남다른 걱정이 있었다. 집안 형편이 여의치 않아 운동회 날 점심 식사로 김밥을 싸가지 못하기 때문이었다.

어른들의 고민거리와는 질적으로 수준이 다르지만, 고작 열한 살의 나에겐 그것만큼 중대한 문제 거리는 없었다. 그래서 나는 '차라리 가을 운동회가 비로 취소되었으면 좋겠다'는 생각을 하게 되었다.

다음날 운동회 개막식과 함께 오전 행사를 시작했다. 청군과 백군으로 나뉘어서 오재미 던지기, 100m 달리기, 고학년 언니들의 부채춤, 줄다리기 등의 일정을 마치자 점심시간이 되었다.

아이들은 운동장에 먼지를 일으키며 각자 부모님을 찾아갔다. 나도 엄마를 만나 그늘로 가서 앉았다. 나는 주위를 둘러보았다. 층층이 쌓아올린 김밥으로부터 시작해서 통닭, 삶은 밤, 땅콩, 삶은 고구마, 여러 가지 과일과 과자, 음료수 등을 잔뜩 준비해 가지고 와서 신나게 먹고 있는 아이들과 나의 처지가 너무 비교되었다.

그런 나를 물끄러미 쳐다보시던 엄마는 준비한 점심을 꺼내 놓으셨다. 손수건으로 싼 도시락을 풀어 놓자 별, 세모, 고리, 막대기 등 여러 가지 모양의 밀가루로 노릇노릇하게 구워 만든 과자가 그 속에 소복하게 담겨 있었다. 그냥 먹어버리기에는 아까울 정도로 예쁜 과자였다.

엄마가 그 중 한 개를 나에게 내밀었다. 맛있었다.

그런데 예쁜 과자에 감동했던 것도 한순간으로 나는 김밥이 아닌 밀가루 과자를 운동회 날 먹어야 한다는 것이 슬프기만 했다.

엄마는 그런 나에게

"많이 먹어라."

하시며 물과 함께 과자를 한 개 집어 주셨다.

그땐 어려서 엄마의 마음을 헤아리지 못했지만 지금 생각하니 그때의 엄마의 심정은 오죽했을까 하는 생각이 든다. 나보다도 더 마음이 찢어졌을 텐데.

그래서 지금 난 그 때 엄마에게 못했던 말을 지금 하고 싶다.

"엄마, 그 때 만들어준 밀가루 과자가 내가 지금껏 먹어본 과자 중에 최고였어."

(임지영)

오일시장 오빠

내가 오일시장에 가면 꼭 찾아 두리번거리는 곳이 있다.

"자, 골라잡아, 골라. 확 잡아라! 두 개 오천 원!"

득음 연습을 했는지 확 트인 목청으로 손바닥이 멍이 들도록 박수를 쳐대며 신바람 나게 장사하는 젊은 옷장수 오빠가 있는 곳이다.

그 곁에 가면 힘이 불끈 솟는다.

처음엔 오일 시장에서 그렇게 장사하는 오빠가 창피해 친구들에게 들킬세라 피해 다니기도 하고 저녁에 식구들이 모이면 공개적으로 오빠에게 제발 소리 좀 지르며 장사하지 말라고 투정도 부렸지만,

"임마! 그렇게 해야 장사가 잘 되는 거야. 자. 봐라 이렇게 돈 많이 벌었잖니?"

하며 이쪽저쪽 주머니에서 돈을 수북이 꺼내는 것이었다.

그래서 우리 가족은 모두 오빠의 장사 솜씨를 인정하고, 또 내가 오빠 편을 드니 내가 하는 말은 어리광에 지나지 않았다.

사실 오빠는 오일 시장에서 인기가 좋아 한 번 장에 빠지면 저번 장에

왜 안 나왔느냐고 투정부리는 아줌마들도 생길 지경이었다.

과일, 야채, 반찬거리가 특별히 싸지는 않지만 항상 잘되는 건 탁 트인 목소리로 시원하게 장사하고, 사람들과 농담 치기도 수준급이라서 그런 것 같았다.

오빠가 아니더라도 오일 시장은 항상 활기가 넘치는 곳이었다.

또 다른 옷장수 아저씨는 나이가 지긋하신데

"세 개 5천 원, 두 개 7천 원!"

하며 웃기신다. 지나가다가 웃는 사람이 있는가 하면 애써 셈을 하는 사람도 있다. 괜히 비싸다며 더 깎으려고 흥정을 거는 아줌마들과 톡탁거리는 모습이 참 정감 있고 마음을 따뜻하게 만들어준다.

두 개, 세 개 5천 원 하는 헐값의 옷더미 속에서 옷 고르느라 낄 틈 없이 모여든 아줌마들 사이를 나도 간신히 비집고 들어가 구경할라치면 어찌나 재미있게 장사를 하는지 안 사곤 못 배길 정도였다.

서울에선 톱 연예인들이 입던 중고 옷값도 어마어마한 돈에 팔린다고 하지만 내가 보기엔 우리 오빠를 비롯해서 옷장수 아줌마, 아저씨들도 대단한 연예인 같았다.

개런티 한 푼 없이 고객에게 웃음을 주고 항상 자리를 지키고 즐겁게 사는 모습을 보여주시는 분들이 고마울 따름이다.

옷가게 가면 티셔츠 하나 값도 안 되는 돈에 두 개, 세 개 하는 옷더미를 둘러싸고 인산인해를 이루는 알뜰 개미군단이 있는데도 불구하고 돈이 마르고 불경기가 되고 나라꼴이 이 지경이 됐다니. 참 알다가도 모를 일이다.

아무리 개미처럼 사는 사람들이 많아도 두루마리 휴지 풀어쓰듯 펑펑 쓰는 일부 사람들로 인해 사회가 휘청거리는 것은 아닐까?

집으로 돌아오는 버스는 좌석이건 입석이건 만원이 된다.

불경기건 호경기건 언제나 오일 시장의 오빠처럼 늘 부지런하고 알뜰하게 사는 많은 이들이 있다는 것에 큰 위안과 힘을 얻고, 그들이 있는 한 경제는 다시 일어서리라.

아니 시장 사람들과 우리 오빠를 보면 일어서고야 만다는 믿음이 생긴다.

시장 사람들, 파이팅! 우리 오빠 화이팅!

(고인숙)

아버지의 지정석

아버지는 작은 쇼핑센터를 운영하신다.

어머니는 그 쇼핑센터 내에서 식당을 운영하신다.

식당은 점심시간이 지나면 한산하지만 몇몇 단골손님들로 채워지는 오후시간엔 제법 손님들로 자리가 차지만 구석의 한 테이블은 언제나 비워 둔다.

식당으로 보면 한 테이블이라도 손님을 받으면 돈이 되지만 어머니가 그 자리만큼은 절대로 손님으로 앉히는 일이 없다. 아버지의 지정석이기 때문이다.

그 자리에서 아버지는 안경을 끼시고 구부정한 등으로 책을 읽고 계신다. 처음에는 책장 넘어가는 소리가 들리지만 10분 정도 지나면 이내 그 소리는 희미해지고 작은 코고는 소리가 들려온다. 안경은 코끝에 겨우 걸려 있고 고개는 끄덕 끄덕거리신 채.

하지만 누구도 아버지를 깨우지 않는다. 지나치는 발자국 소리와 이야기 소리가 시끄러울 만도 할 텐데, 아버지께는 자장가처럼 달콤하신가

보다. 어떨 때는 웃고 계시는 얼굴이시란다.

 급한 일로 내려온 사무실의 미스 김도

 "회장님!"

 하고 한 번 크게 부르곤 어머니에게도 가선 속삭이고 간다.

 나는 결혼 후 오랜만에 찾은 어머니의 식당에서 여전한 아버지의 모습을 볼 수 있었다.

 "엄마는 아빠가 저러고 계시면 불편하지 않아?"

 "아빠는 저 자리가 편하시대. 아빠가 편하시다면 엄마는 그걸로 만족해."

 "근데, 아빠 많이 늙으신 것 같아."

 "세월이 어디 가나. 얼마 전에 아버지 친한 친구이신 윤씨 아저씨가 명예퇴직 당하고 뭐 좀 해보려고 뛰어다니시다가 갑자기 쓰러지셨는데 뇌쪽에 이상이 있으시다나. 한쪽은 아예 못쓰고 병원에 꼼짝없이 누워 계신다더라. 그 소식 듣고 난 이후로 어깨가 더 늘어져선 예전보다 저 자리에 앉아 계신 시간이 길어지시더라.

 어느 날은 엄마보고 아버지가 앉아 계신 앞자리에 앉아 보라면서 내가 앉은 이 자리만큼 그리고 당신이 앉아 있는 그 자리만큼만 탐내며 살자시더라."

 한참을 어머니의 이야기를 듣다가 아버지를 보았다.

 아버지는 고개를 끄덕이시다가 제풀에 놀라셨는지 잠에서 깨셨다. 멋

쩍은 듯 그나마 몇 가닥 남지 않은 희끗해진 머리카락을 정돈하시면서 웃으셨다.

"요즘은 책만 붙들면 잠이 쏟아져."

쑥스러워하시는 아버지를 위해 나는 그 책 내용이 어떻게 되는지 여쭤보았다.

아버지는 딱딱한 사무실 자리보다는 부산한 식당 자리에서 딸에게 큰 목소리로 이야기할 수 있다는 것이 훨씬 더 흐뭇하신가 보다.

어쩌면 그것은 아직은 당신이 딸에게 줄 수 있는 부분이 있다는 것에 행복해하시는 것이리라.

'아빠, 저도 이 자리에서 아빠의 커다란 목소리를 들을 수 있어서 행복해요. 그리고 언제까지나 이 자리는 아빠의 자리예요.'

(안현주)

아들을 떠나보내고

　평소에 말이 없고 무뚝뚝하기만 하던 아들이 어느 날 갑자기 공군사관학교에 지원했노라고 말했다.

　순간 나는 멋진 모습의 공사 생도들의 모습이 떠올라 살며시 눈을 감고

　'내 아들이…!'

　하면서 늠름한 아들의 모습을 연상하고 있었다. 나는 아들에게

　"참 잘했구나. 그래, 너는 잘 어울리는 사관생도가 될 거야."

　라고 말해주었다.

　자랑스런 내 아들은 1차, 2차 관문을 무사히 합격하고, 특히 신체검사에서 합격을 했다는 것이 내게는 천하를 얻은 듯 고마운 일이었다.

　아들이 태어날 때부터 연약했기 때문이다.

　그래서 건강하게 자라준 아들이 고마웠다.

　그러나 기쁨도 잠시. 주변에서 들려오는 이야기로는 사관학교는 훈련이 너무 심해 흡사 지옥 훈련이라는 것이었다.

　그래서 견디지 못하고 나오는 학생도 부지기수라는 것이었다.

176

아무것도 모르고 무조건 좋아라만 할 게제가 아니었다.

그래서 조용히 아들을 불러

"훈련이 무척 힘들다는데 꼭 사관학교를 가야만 하겠니?"

하며 다시 생각해 보는 것이 어떻겠냐고 의중을 타진해 보았으나 아들의 마음은 흔들리지 않았다.

'그래, 아직 3차 수능시험이 있으니 그때는 낙방할지도 모르지.'

세상에 어느 부모가 수능점수가 미달되었으면 하고 바랄까? 그러나 좁은 소견에 그런 생각도 드는 것이었다.

속 좁은 부모가 되어 낙방을 은근히 바랬지만, 아들은 엄마의 기대를 저버리고 수능점수 발표가 났고 곧 합격 통지서가 날아왔다.

나는 기쁨은커녕 아들이 고된 훈련을 받아야 한다는 생각에 어쩌지? 하는 생각만 들었다.

이제 아들과 가족이 같이 지내야 하는 시간은 겨우 20일 정도…. 무엇을 어떻게 해줘야 하는지 흐르는 시간만을 아쉬워할 뿐이었다.

20일의 날짜가 그야말로 화살처럼 지나갔다.

아들이 입교하는 날.

아들은 내가 조용한 음악을 좋아한다고 '엔야'의 CD를 한 장 사주었다.

아들이 입교하던 날은, 그날따라 공군사관학교에는 흰 눈으로 온 천지가 하얗게 덮였다. 날씨까지 덩달아 어찌나 추웠던지….

가뜩이나 떨리는 마음이 더욱 떨려왔다.

한참 후에 군악대의 멋진 모습이 '빨간 머플러'를 연주하는데, 그 음악이 어떻게 그리도 슬픈 음악으로 들리던지, 나는 그만 울적했던 마음에 끝내 참아왔던 눈물이 흐르고야 말았다.

'이제 정말 떠나는구나! 아들아, 네가 원하던 곳이니 충실히 지옥 훈련을 마치거라

다음 입학식에서 만날 때는 정말 멋진 공군사관생도의 모습을 마음껏 자랑하려무나. 그때는 엄마, 아빠가 정말 잘 선택했노라고 웃음으로 축하해 주마. '

하얀 눈송이 사이로 멀어져 가는 아들의 뒷모습을 보며 흐르는 눈물을 보이지 않으려고 마음속으로만 축원할 수밖에 없었다.

지금도 아들이 사주고 간 '엔야'의 CD를 들으며 아들과의 재회에 몰두하고 있다.

(허봉화)

사랑이라는 약과 희망이라는 약

첫 임상실습을 나갔을 때의 일이다.

주로 암 환자가 있는 병동에서 하는 실습이어서 그런지 전체적인 분위기가 가라앉아 있었다.

나는 환자들에게 병마와 싸우느라 자연스레 일그러진 얼굴을 잠시나마 웃음으로 펴주어야겠다는 의무감을 느끼며 농담하고 장난도 치며 웃는 얼굴을 보이려고 애썼다.

내가 만약 저들의 입장이라면 난 고통스러워하느니 차라리 편하게 죽는 게 낫겠다는 연약한 생각을 가졌을 터인데, 그들은 너무나 강했다. 사지가 멀쩡한 나보다 훨씬 강했다. 그들에겐 세상 그 누구보다 확고한 믿음이 있어 보였다. 꼭 병이 나을 거란 희망과 확신이 있었다.

항상 내가 올 시간만을 기다리고 먹을 걸 아껴 두었다가 살짝 불러 먹고 가라시던 아저씨, 다음에 약물치료 받으러 올 때도 내가 있었으면 좋겠다고 하시던 할아버지. 그들에겐 보통의 사람들보다 더 끈끈한 정과 사랑이 있었다.

하루는 1주일이 넘게 있던 아줌마의 침대가 깨끗이 정리되어 있었다.

당연히 하늘나라로 가셨다고 생각해야 했는데, 바보같이 이 쪽 아줌마 어디 가셨느냐고 옆의 할머니께 묻고 말았다.

그 할머니는 의외로 덤덤하게 죽었다고 말씀하셨다.

순간 나도 모르게 눈물이 흘렀다. (장차 의사가 될 내가 이게 무슨 꼴이람)

나는 할머니의 손을 꼭 잡으며

"할머니 괜찮으시죠? 할머니는 꼭 나으실 거예요."

하며 울먹였다.

그 할머니께서는

"괜찮아. 사람이 태어났다가 한 번은 죽는데, 그게 남들보다 빠르냐 늦느냐 그 차이지. 난 괜찮아. 이런 거 한두 번 보는 것도 아니고…."

하시며 오히려 나를 달래 주시는 것이었다.

비록 몸속에선 암세포가 생명을 조금씩 갉아먹고 있지만 그들은 죽음을 가까이에서 느끼며 삶을 달관했는지, 너무나 초연하게 자신 앞에 펼쳐진 일을 받아들이고 계시다.

물론 마지막까지 왜 나한테 이런 병이 걸렸느냐고 소리소리 지르며 가족들의 마음을 아프게 하는 사람도 있기는 있었다.

그러나 보호자들은 한결같이 굳게 믿었다. 꼭 나을 거라고, 나아서 오래오래 살 거라고. 한 번도 죽을 거라고 생각 안 해봤다고….

난 이 병엔 무슨 수술을 해야 하고 어떤 처치와 약물 치료가 필요한지

보다도, 더 중요한 간호방법이 있다는 것을 깨닫게 되었다.

그것은 최후의 순간까지 인간을 지탱하게 하는 희망과 믿음이었다.

또, 언제나 불행하다고 생각했던 내 자신보다 더 어렵고 힘든 사람들을 돌봄으로써 내가 생각했던 불행은 행복에 겨운 불평에 지나지 않는다는 것을 깨달았다.

지금 이 순간에도 병마와 싸우는 사람들과 그들의 가족에게 필요한 약은 사랑이라는 약, 희망이라는 약이라는 것을 전하고 싶다.

(김선주)

청소부 아저씨와의 만남

가진 것 없이, 오라는 곳도 없는데 나는 새벽 서리를 맞으며 마냥 고삐 풀린 망아지처럼 세상을 하염없이 걷고 있었다.

집 떠나온 지 이틀째이다. 친구들도 이제는 모두가 군대라는 곳에 가서 더없이 초조했고 급기야는 갈 곳 없는 거지처럼 되고야 말았다.

제대한 지 6개월도 되지 않은 내게 매스컴에서 떠들어대는 '실업자 천만시대'라는 말은 더욱 더 눈물겹고 지옥과도 같았다. 군대에서 지쳐 돌아온 몸이 이제 좀 나아지려나 보다 하고 생각했는데, 군대보다 무서운 경기 침체라는 녀석은 보잘 것 없는 나의 직장마저 삼켜버렸다.

더구나 3년간 사귀어 오던 여자 친구마저, 직장 없고 돈 없는 나에게서 떠나가 버렸다. 이제는 남들이 흔히 말하는 하얀 손, 백수가 된 것이다.

그래도 1년 전만 해도

"나 제대하면 더 이상은 어머님 직장 못 나가시게 해야지."

하고 다짐했었는데, 시간이 지날수록 더욱 큰 좌절만이 남게 되었다. 이제 겨우 스물 셋인데….

오늘 아침 새벽 3시경, 이른 새벽에 나는 우연히 손수레에 쓰레기를 가득 지고 가시는 한 아저씨를 만났다. 아저씨를 도와 드려야겠다 싶어 뒤에서 수레를 밀다가 마치 부자지간 같은, 아니 형제 같은 정을 느끼게 되었다.

이런저런 얘기를 나누었다. 아저씨께서는 내 처지가 딱해 보이셨는지 이야기나 하자시며 내 손을 이끌고는 새벽 일찍 문을 여는 해장국 집으로 향하셨다.

해장국에 얼큰한 술 한 잔까지, 나는 처음 먹는 술이어서 그런지 술 한 잔에 온몸에 열기가 퍼지는 것을 느꼈다. 아저씨 또한 한 잔 술에 자기 자식들의 이야기를 하시며 연거푸 제 술잔을 채우신다.

아저씨와 나는 만난지 채 20분이 안돼 세상의 모든 근심을 함께 나눌 수 있을 만큼 친해졌다.

아저씨의 아들은 스물일곱이었다. 그 역시 나와 같은 신세인 듯 했다.

그러나 아저씨께서는 당신의 아들이 아직 그렇게 집에 있지만 아들이 건강하기만 하면 된다고 하셨다.

그러시면서 나에게도 단지 내일 뭘 할까, 뭘 먹을까, 뭘 입을까를 걱정하지 말고 10년 뒤, 20년 뒤를 내다보고 살라고 하셨다. 무슨 일을 하든지 먼 앞날을 내다보고 시작하고 준비해야 된다고 하셨다.

마치 친아버지처럼 말씀하시는 아저씨께 나는 더없는 고마움을 느꼈다. 세상에 이런 분이 계신다는 사실 자체가 고마웠다.

아저씨의 말씀처럼 나는 이제부터 정말 정신 차리고 열심히 살아야겠다고 마음을 다잡았다.

'그래. 밑바닥부터 다시 시작 하는 거야. 나에겐 사랑하는 가족이 있는 한 나의 힘은 항상 충만할 것이야.'

'두고 보아라.'

10년 뒤에는 더욱 건강하고 행복한 모습으로 사시는 아저씨와 자신감 넘치고 당당한 모습의 내가 다시 만나 얼큰한 해장국 한 그릇으로 옛날 일을 회상할 것이다.

(양창권)

꼬마 소녀 가장

"할머니, 우실이하고 보미 어디 갔어? 없잖아. 할머니 뭐하고 있었어. 어흐, 정말 미치겠어."

저녁 무렵 기차역 대합실에 앉아 있는데 초등학교 5,6학년 쯤 되어 보이는 여자아이가 이렇게 할머니께 대들고 있었다.

나는 얼굴은 예쁘장하게 생긴 아이가 왜 저렇게 버릇없이 큰 소리를 내는 것일까 생각하고 상황을 유심히 지켜보았다.

"시방꺼정 있었는디 야들 으디 갔다야."

할머니도 주위를 두리번거리신다.

여자아이도 인상을 찌푸리고 찾느라 역 주변을 분주하게 뛰어다닌다.

나는 우실이와 보미라는 아이들이 혹시나 철로로 나갔을까 염려가 되어 발뒤꿈치를 들고서 철로 쪽을 열심히 내다본다.

철로로 통하는 역의 문이 닫힌 상태여서 밖으로 나가서 아이들을 찾아볼 수도 없는 터였다.

여자아이는 찾다찾다 지쳐서 이젠 울면서 서 있었다. 우는 것도 신경질

적이었다.

나는 그 여자아이의 신경질적인 태도에 한 마디 말도 붙이지 못하고 그저 바라만 보고 있었다.

'대체 저 애가 찾는 애들이 누굴까?'

하고 생각하던 참에 대합실 문으로 장난스럽게 뛰어 들어오는 두 명의 꼬마가 시야에 들어온다.

한눈에 봐도 남매임을 알 수 있다. 두 꼬마들의 모습이 너무 귀여워 볼이라도 만져보고 싶었다.

그 순간, 울고 서 있던 여자아이가 두 꼬마를 붙잡더니 막 때려 준다. 때리는 소리가 '퍽퍽' 하고 났지만 겉옷만 건성으로 때리고 있다는 것을 한눈에 알아볼 수 있었다.

"야, 니네들 기차 올 때까지 가만히 못 있어? 할머니 옆에 가만있으랬잖아."

하며 여자아이는 이번엔 두 꼬마들의 머리를 쥐어박는다.

그래도 꼬마들은 뭐가 그리 좋은지 서로 장난을 치고 간지럼피우기 놀이도 한다. 머리를 쥐어박던 여자아이의 손은 어느새 두 꼬마의 머리를 쓰다듬고 있었다.

여자아이의 얼굴을 보니 신경질적이던 표정은 온데간데없고 이번엔 엄마와 같은 인자한 얼굴로 두 꼬마를 안아주고 있었다.

무슨 사연이 있는가보다.

두 꼬마는 키도 똑같고, 등에다 똑같은 모양의 가방을 메고 있는 모양이 쌍둥이인 듯했다. 아주 어려 보이는 데도 가방을 메고 있는 것을 보니 초등학교 1학년 정도는 되었을까?

"할머니, 아까 내가 화내서 속상했지? 우실이하고 보미가 없어져서 나도 모르게 화가 났어. 죄송해요."

"나가 속상할 게 있겄냐. 어미 대신 동생들 챙기는 니가 속상허지.. 나는 늙어 부러서 잘 뵈도 않는다."

"할머니, 나 두부 한 모 사올게. 강촌 들어가 사면 더 비싸. 우실이, 보미는 할머니 손 꼭 잡고 꼼짝 말고 있어라. 저녁에 두부찌개해주께,"

하고 말하더니 여자아이는 역 밖으로 뛰어 나갔다.

가슴이 뭉클해왔다.

대학생인 나는 짐이 무거워 엄마에게 데리러 오라고 전화해 놓고 기차역에서 기다리며 있는데, 한쪽에서는 생계 걱정하고 동생들 돌보는 초등학생 아이가 있는 거였다.

그 여자아이는 마치 깜찍한 아역 탤런트처럼 예뻤다.

살아가는 동안 그 예쁜 아이에게 얼마나 많은 시련이 가해질까?

하지만 지금처럼 두 동생의 손을 꼭 잡고 잘 헤쳐 나가리라고 믿고 싶고, 마음으로나마 힘내라고 성원해 주고 싶었다.

"꼬마 가장 파이팅!"

(이라노)

형제 자매

형이라고 불러주겠니?

드디어 누나의 결혼식 날이다. 예식장에는 많은 친인척들이 오셔서 축하해 주었다. 기쁨으로 가득한 결혼식은 시끌벅적한 속에서 의외로 빨리 끝났다.

우리는 어머니와 큰 집 형님들을 모시고 식당으로 향했다. 그때 큰 집 형의 휴대폰에서 전화벨 소리가 요란하게 울렸고, 전화를 받는 형의 표정은 표현할 수 없으리만큼 경직되었다.

그리고 나서 초점이 없는 시선으로 나를 바라보고 말했다.

"정호야! 아버지께서 임종하셨어."

이런 기구한 운명이 또 있을까? 하필 누나 결혼식 날 아버지가 돌아가시다니!

멍한 기분은 나의 전신에 격한 파장을 일으켰다. 아버지는 왜 이렇게 경사스러운 날까지 우리를 고통스럽게 만드는 것일까? 왜 그렇게 우리가 싫었을까? 주체할 수 없는 분노가 일었다.

아버지는 내가 초등학교 2학년 때 어머니와 이혼하셨다. 하시던 사업이 뜻대로 안되고 경기가 나날이 어려워지자 아버지는 매일같이 술을 드셨다. 그리고 밤늦게 들어 오셔서는 우리를 깨워 때리시거나 어머니를 괴롭히는 날이 연속되었다.

그때는 정말 미쳐버릴 것 같았다. 차라리 아버지가 없게 해달라고 하느님께 기도를 드린 적도 있었다. 누나는 나보다 더 심하게 학대를 받았다.

그러나 아버지는 아침에 술이 깨시면 언제 그랬느냐는 듯이

"정호야. 난 너밖에 없다."

하시며 돌아서서 눈물을 흘리시기도 했다. 아버지의 뒷모습은 언제나 초라했고, 그래서 나는 아버지를 힘들게 하는 이 세상이 증오스러운 적도 많았다.

그렇게 아침이면 잠시 평범한 부자지간으로 돌아가는 평화도 맛보았지만 그건 잠시였다. 밤은 다시 오고 누나와 난 또 아버지의 폭력 앞에 치를 떨어야 했다.

그러던 어느 날, 아버지는 우리의 곁을 훌쩍 떠났다. 아버지가 우리의 곁을 떠나신 것이 슬프다기보다는 오히려 마음의 안정을 주었다.

그 후 10여 년의 세월이 흘렀다. 우리는 어머니의 보살핌 아래 성장했다. 가끔 아버지의 소식이 들려오곤 했으나 애써 외면하곤 했다. 자식으로서 더구나 장남으로서 안부라도 물어 보아야 하는 것이 도리이건만 나의 닫힌 가슴은 쉽게 열리지 않았다.

그렇게 잊혀졌던 아버지가 돌아가신 것이다. 그것도 누나 결혼식 날 말

이다. 참으로 질긴 악연이란 생각마저 들었다.

　일단 식당으로 달려갔다. 적어도 누나에게는 알려야 할 것 같았다. 그러나 밝은 조명아래 한복을 곱게 차려 입은 누나를 보는 순간 망설이게 되었다. 누나는 어떻게 받아들일까? 미소 짓는 누나의 얼굴에 가득한 행복. 저 행복에 넘친 얼굴을 바라보며 어떻게 얘기하나. 정신이 아득했다.

　"밥은 먹었니?"

　하며 누나가 내 곁으로 다가 왔다. 내가 어찌할 바를 몰라 하자,

　"왜? 무슨 할 말 있어?"

　누나는 내 눈에서 무슨 심상치 않은 낌새를 눈치 챘는지, 재차 나를 채근했다.

　나는 떨리는 입술로 사실을 얘기했다.

　"정말이니? 그게. 정말이야?"

　누나는 이내 흐느끼면서 가녀린 목소리로 아버지를 불렀다.

　그토록 못살게 굴었던 아버지였는데, 누나에게 따뜻한 말 한마디 해주지 않은 비정한 아버지였는데, 누나는 아버지를 부르면서 서럽게 울고 있었다.

　그 흐느낌은 나를 혼란에 빠뜨렸다. 나는 이제껏 눈물 한 방울 흘리지 않았던 것이다.

　아버지의 장례식은 간소하게 치러졌다.

　나는 바로 앞에 엄숙하게 놓여져 있는 관을 허망하게 바라다보았다. 아

버지 생전의 모습이, 아버지의 숨결이 영화처럼 뇌리에 스쳤다. 그러나 눈물은 여전히 나오지 않았다. 눈물이 다 흘러 메말라서일까? 아니다. 그건 아버지에 대한 증오심이, 아버지에 대한 분노가 아직 식지 않아서였다.

아버지와의 마지막 만남은 짧고 쉽게 끝났다.

그 때 큰집 형님이 낯선 청년과 젊은 여자를 소개했다. 그들은 모두 낯설기는 했으나 이상하게도 아버지의 모습을 빼어 닮았다.

"정호야! 저기 두 분이 네 형과 누나란다."

순간 나는 뒤통수를 무슨 큰 방망이에 얻어맞은 듯 숨이 막히고 머리가 혼란스러워졌다.

'형과 누나라고? 그래 아버지는 남겨 줄게 없어서 배다른 형과 누나를?'

나는 기가 막혔다.

'그러면 저 두 사람이! 이런 관계를 뭐라고 하는 것일까?'

아버지가 돌아가신 직후 장례식장에서 만난 배다른 형제였다! 20여 년간의 기나긴 시간을 뒤로 한 채 외면하며 살아온 얼굴들이었다.

오늘 같은 날이 아니라면 스쳐 지나가도 영원히 모를 인연이 아닌가?

그 두 사람이 내게로 다가왔다.

"네가 정호니?"

"네."

나는 눈을 마주치지 않았다.

"그래, 많이 컸구나. 의젓하고…. 정호야! 돌아가신 아버지 세대는 이렇게 험한 사연이 있었지만, 우리는 지금부터라도 마음을 열고 같은 핏줄로 살면 어떨까?"

두 사람은 진지하면서도 온화한 얼굴로 나를 바라보았다.

나는 문득 아침에 일어나 지난밤을 후회하시던 아버지의 초라한 뒷모습이 떠올랐다.

'아버지!'

웨딩드레스를 입고 있던 누나가 왜 울었는지, 이제야 나도 이해할 수 있었다.

가족이란, 혈연이란, 감정에 우선하는 그 무엇이었다. 나는 고개를 떨구었다. 나도 모르게 눈물이 흘러 내렸다. 그런 나를 형이라는 낯선 사람은 따뜻한 눈길로 감싸주었다.

설움이 북받쳤다. 나는 조용히 입을 열었다.

"그래요. 꼭 그렇게 했으면 좋겠습니다."

돌아가신 뒤에야 가족의 의미를 알게 해 주신 아버지가 야속했다. 그가 우리에게 행했던 모든 일들이 아직 이해할 수는 없었지만, 더 이상 증오하는 마음도, 미워하는 마음도 이제는 봄눈 녹듯 사라질 것이다.

'아버지! 그래도 당신은 제 아버지 아닌가요. 사랑합니다.'

(한정호)

올케는 시집 잘 왔어

"형님, 전 태어나서 이렇게 많은 식구는 처음 봤어요."

석 달 전 결혼한 올케가 점심 식사 후 한 얘기에 우린 손바닥이 울리도록 웃었다.

지난 달 초하루에는 친정 할아버님의 89번째 생신날이어서 친척들이 모두 모였다. 오랜만의 만남이었기에 그만큼 재미도 있었지만 한 끼 식사에 모인 인원만 32명이나 되었다. 거기에다 생신 상이었으니. 당연히 식사 후 설거지는 가히 환상적이었다. 적어도 올케가 보기에는 말이다.

우리는 커 오면서 오랫동안 대식구에 익숙하던 터라 분담해서 6형제가 움직이면 잔치 치르는 것쯤이야 어려울 것도 없었지만 달랑 네 식구밖에 없던 집에서 자란 올케는 눈망울이 왔다갔다 정신없어했다.

그러나 몸동작 빠르게 어른들께 과일과 식혜를 서비스하며 미소를 지으며 일하는 모습은 예쁨 그 자체였다.

내가 살던 공주 친정집엔 지금은 할아버님, 아버지, 어머니, 막내, 이렇게 네 식구에 지나지 않지만 예전엔 언제나 십여 명 안팎의 대식구가 북적댔다. 그리 풍족하진 않았지만 가족의 화목을 우선으로 하는 부모님의 보살핌이 있었기에 늘 웃음이 떠나지 않는 가족이었다.

아버지 퇴근 후 6형제가 일렬로 서서 노래 부르던 일도 생각났다.

또 엄마 힘드시겠다고 야식에 빵 굽는 것은 아버지의 담당이었고, 논 귀퉁이에 묻어 둔 무를 꺼내 오기는 할머니가, 재미있는 만화책 빌려 오기는 막내 고모의 몫이었다. 그렇게 자라서 지금은 결혼과 함께 멀리 떨어져 있긴 하지만 그래도 시골에 자주 모여서 놀곤 한다.

그런데, 언젠가 저녁 식사를 마친 후였다. 집 뒤뜰에 서 계시는 아버지의 모습이 보였다.

아버지가 저렇게 왜소하셨나?

순간 나는 아버지의 뒷모습이 너무 작아 보여 당혹스러웠다. 아버지는 산처럼 큰 자리일 것 같으시더니 어느새 늙어 버리신 것이다.

어느 주말 저녁에, 모두 모여 시원한 맥주 한 잔에 흥겨운 노래 소리가 들려도 당신은 아이들의 웃음소리만으로도 행복의 미소를 띠는 그런 분이셨는데, 그래서인지 하나뿐인 남동생이 결혼했을 때 우린 걱정 반 희망 반이었다.

새색시가 웃음 띤 얼굴로 부모님의 마음을 잡고 우리와 편안히 지낼 수 있을까 하는 생각에서 말이다. 그러나 얼마 지나지 않아 희망 쪽으로 판결이 났다.

저녁 늦은 시간에 전화벨이 울렸다.

잔뜩 웃음 띤 목소리로

"형님, 저예요. 생각해 봤는데요, 저 결혼도 잘했지만 시집은 더 잘 온 것 같아요."

웃음이 나왔다.

그래, 올케. 힘들까봐 가족 모임 때 한 끼는 자장면 외식을 찬성해 주시는 아버지 – 아버지는 원래 외식을 싫어하시거든 – 가 계셔서 행복한 거야. 우리 또한 가슴 따뜻한 사람들이고. 하지만 그렇게 많은 식구가 있는 곳에 시집온 올케를 사랑해.

(최인숙)

대한민국은 살 만한 나라

연말을 맞으면서 망년회, 송년회가 봇물 터지듯 한다. 이곳 저곳 얼굴 내밀기에 바쁘던 내 몸도 드디어 파김치가 되어 버렸다. 참석하지 않을 수 없는 회식뿐만 아니라, 꼭 참석하고픈 회식 따위로 바쁜 일정을 보내다 보니, 12월도 마지막 30일이다. 내일이면 올해도 굿바이(마음은 노굿바이)이다.

연말을 앞두고 나는 한해가 가기 전에 꼭 들러야 할 곳이 있다. 경기도 광주에 있는 삼육재활원이다.

아내에게는 외사촌뻘이 그곳에 입원하고 있었다. 지금까지 살면서 대여섯 번쯤 보았을까 하는 분이었다.

그분은 미남인데다가 근육으로 다져졌던 튼튼한 몸매를 지니고 있어서 평소에 무척 부러워했었다. 술, 담배도 가까이 하지 않는 건실함, 게다가 착한 마음씨, 축복 받아 마땅한 사람이다.

그런데, 왜? 조물주는 심술을 부리는지 모르겠다.

아직 60이 되려면 몇 년은 더 있어야 할 나이인데, 그만 중풍으로 그 마음씨 좋은 아저씨를 쓰러뜨려 버린 것이다. 그분은 사람들을 쳐다보는 눈동자의 초점이 불명확했고, 한참씩 무슨 생각을 하는지 멍한 상태로 있다가는 가끔 안경을 벗고 화장지로 눈가에 맺힌 눈물을 찍어내곤 했다.

삼육재활원은 보호자가 24시간 간병할 수 있는 곳이다. 그래서 처 외사촌 댁이 숙식을 함께 하고 있다고 했다. 어쩌다 그녀가 집에 가서 하루 이틀 자고 오겠노라고 말할라치면 환자는 대번에 얼굴을 찡그린다.

"뭐 좀 먹을래?"

처 외사촌 댁이 말했다.

환자의 고개가 보일 듯 말 듯 끄덕인다.

"귤 좀 줄까?"

역시 고개가 약간 끄덕여지는 듯하다.

처 외사촌 댁이 정성스레 귤껍질을 까서 그 한 쪽을 환자의 입에 가져다준다.

환자는 힘겹게 그것을 받아 우물우물하더니, 곧 얼굴을 찡그린다. 다시 한 쪽을 가져다 대 주니까 환자는 어렴풋하게 손사래를 친다.

"왜?"

"…."

환자는 말이 없다.

"시지 않은데…, 달아!"

이번에는 환자에게만 주는 것이 아니라 처 외사촌 댁도 한 쪽을 자기 입 속으로 가져갔다. 환자도 마지못해 그 한 쪽을 또 받아먹는다. 그런데, 3 년을 넘게 병 수발을 해 오면서도 한번도 얼굴을 찡그려 본 적이 없다는 처 외사촌 댁의 얼굴이 찡그려진다.

말과는 달리 무척 시었던 모양이다. 그런데도 환자는 얼굴을 찡그리지 않았던 것이다.

나는 이 모습에서 50-60세대의 정을 또 한번 느꼈다.

지겨울 만한 때도 되었지만, 오랜 연인처럼 친구 대하듯 남편을 대하고 있는 처 외사촌 댁이다. 병원비 때문에 아파트마저도 팔아 치운 처지이 면서도 남편 앞에서는 조금도 그늘진 모습을 보이지 않는 그녀의 정을 20-30세대에게서도 바랄 수가 있을까? 그런 와중에도 처 외사촌 댁은 남편 역할까지 1인 2역을 훌륭히 해내며 두 딸을 결혼시켰다.

손사래를 치다가도 아내가 주는 것이라서 얼굴을 하나도 찡그리지 않 고 받아먹던 그 무표정한 처 외사촌에게서도 나는 뭉클한 감동을 받을 수밖에 없었다.

20-30세대에게서도 이런 눈물겨운 정을 찾아볼 수 있었으면 좋겠다.

아니, 드물어서 그렇지, 드러나지 않아서 그렇지, 찾아보면 얼마든지 있을 것이라고 믿는다. 왜냐하면 '대~한민국'은 살만한 나라니까.

(이웅재)

엄마가 젤 이뻐

초등학교 1학년 때로 기억된다.

시골에서 상경하여 서울 변두리 판자촌 동네에 자리 잡으신 부모님께서는 성실히 일하셨다. 아버지가 회사에 가시면 어머니는 집 앞 자갈밭을 일구어 야채를 심어 시장 길바닥에 벌여놓고 장사를 하셨다.

그렇지만 열심히 산다고 불행이 피해가지는 않는 것일까. 아버지가 실직하시고 다시 사고로 병석에 누우시자 생활은 더욱 힘들어졌다.

그러나 그러한 고난 속에서도 어머니는 강하셨다. 행상과 남의 집 일을 하시며 우리 자식들을 모두 학교에 보내주셨는데, 어린 나이에도 가장 힘들었던 것은 그런 어머니께 돈을 타야 할 때였다.

하루는 숙제를 하려고 보니 공책의 여분이 없었다. 새 공책으로 숙제도 하고 다음날 학교 공부도 해야 하는데, 차마 말은 못하고 공책에 얼굴을 묻고 잠이 들었다.

그런데 다음날 아침 어머니께서 공책 사라며 돈을 쥐어주시는 것이었다. 순간 너무 기쁘고 안심이 되어서 아무 생각도 못하고

"학교, 다녀오겠습니다."

라고 외치고는 문밖으로 뛰어가다 문득 돌아본 어머니의 뒷모습.

머리에 쓰신 수건을 벗어 옷을 터시던 어머니의 머리, 치렁치렁 긴 머리를 쪽지고 계셨는데, 어머니의 머리는 밤사이에 잘려나가 있었다.

어머니는 머리카락을 잘라 공책 살 돈을 마련하신 것이다. 순간 맥이 풀려 털레털레 학교에 가면서 참 많이도 울었었다.

하교 후에 시장에 계신 어머니 곁에 쪼그려 앉았는데, 아주머니들이 가여워 보여서인지 머리를 쓰다듬어 주며 어머니의 채소를 사 가시는 것이었다. 나는 그런 아주머니들을 바라보면서 다른 아주머니들처럼 곱게 치장도 못하신 어머니가 슬퍼 보인다고 생각했다.

그래서 시장에서 돌아오는 길에 어머니의 손을 잡으며 말했다.

"엄마! 엄마가 세상에서 젤 이뻐요."

(김인호)

머슴 선생님

초등학교 2학년인 아들의 봄 소풍을 따라갔다.

아이들 덕에 바깥바람 쐬는 엄마들은 시름에 겨운 가정사를 잊고 싶은 듯 한구석 자리 잡고 앉자마자 한시도 입놀림을 멈추지 않고 있었다.

"O반 선생님, 그만 둘 때 되지 않았어? 선생이 늙으면 그렇더라. 할아버지 같잖아. 젊은 선생이 깐깐하게 가르쳐야 애들 틀이 잡힌다구."

"그렇지도 않아. 오히려 나이 드신 선생님이 경륜도 있고, 아이들 마음을 더 잘 읽어. 저기 좀 봐. '선생님, 선생님' 하며 아이들이 따라 다니는 게 할아버지와 손주처럼 정겹잖아."

자모들의 대화는 쉬지 않고 계속 되는데, 등을 돌려 물끄러미 하늘을 쳐다보았다.

아버지!

40여 년을 분필가루 뒤집어쓰며 초등학교 교단에서 아이들을 가르치고 계시는 나의 아버지.

내가 커가는 만큼 조금씩 작아져가고 계신 아버지.

어린 시절 어느 겨울날로 기억된다.

아무도 밟지 않은 마당을 가로질러 처마 밑에 있는 자전거 위의 눈을 털고 계신 아버지의 뒷모습이 하도 시려 보여 퉁명스럽게 말했었다.

"오늘같이 눈 오는 날은 좀 느지막이 가세요. 누가 알아주는 것도 아닌데, 눈이 오나 비가 오나 7시예요?"

아버지의 성실함이 답답함으로 느껴지는 아침이었다.

그러자 아버지는,

"학교 주인은 학생들이고, 나는 머슴이란다. 주인이 오기 전에 주인이 하루 종일 있을 곳을 쓸고 닦는 것은 머슴의 당연한 도리겠지. 오늘 같은 날은 더더욱 그렇지. 아이들이 잘 걸어올 수 있도록 길을 만들어 줘야 하지 않겠니?"

아버지의 머슴철학이다.

아버지는 그렇게 말씀하시곤 새끼 꼬아지듯 겹쳐지는 자전거 바퀴자국을 길게 남기고 대문을 나서시던 아버지의 뒷모습이 푸른 하늘 구름 위로 겹쳐지듯 떠올랐다.

(현미자)

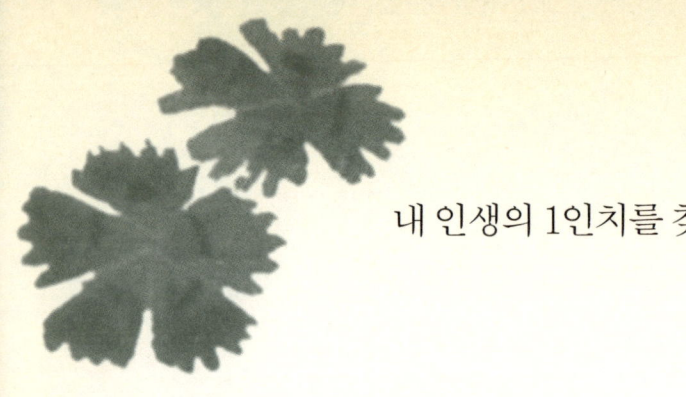

내 인생의 1인치를 찾다

"미안해 김 대리, 연봉이 높아서 어쩔 수 없었어."

드디어 올 것이 왔구나.

그래도 혹시나 했는데, '4개월 무급 휴직'이란 이름으로 단행된 감원 대상자 명단에 내 이름이 올라 있었다.

사실 나는 마음의 준비는 진작부터 하고 있었다. 하지만 막상 눈앞에 내 이름 석자가 들어 있는 인사 발령 공문을 보고 있으려니, 마음이 쉽사리 진정되지 않았다.

하지만 나는 그러저러한 좋지 않은 감정들을 얼른 접어 두고 남게 된 후배들에게 '잘 됐다' 하고 여유 있는 웃음을 보내 주었다.

"홀가분하신가 봐요."

책상과 사물함 정리를 하는 나에게 함께 일했던 후배가 건넨 말대로, 10년을 정리하는 나의 마음은 처음의 섭섭함과는 달리 차츰 홀가분해지기 시작했다.

지금 이 순간이야말로 내 인생에 새 물결을 쳐줄 때라는 생각이 들었기 때문이었다.

'IMF보다 더 살기 어렵다니까 이런 기회도 오지, 아니면 평생 장 생활만 하다가 인생의 황금기를 다 보낼 뻔 했잖아.'

그런 생각으로 마음을 다 잡고 내 인생의 숨어 있는 1인치를 찾아 나서기로 했다.

그렇게 보낸 한 달 보름이 지났다.

최근 몇 년 동안 나는 이 기간만큼 내 정신과 육체가 생동감 있게 살아 있음을 느낀 적이 없었던 것 같다. 아침이면 더 일찍 눈을 떴고, 거울 속의 나를 바라보며 미소 짓는 것도 잊지 않았다. 무엇보다 여유 있게 남편 출근 준비를 거들고, 놀이방에 가는 딸을 깨우느라 아침마다 법석대며 실랑이를 하지 않아서 좋았다.

그리고 오전 10시. 외국어학원에 접수해 그동안 콤플렉스를 느꼈던 영어에 도전하고, 점심시간을 이용해 그동안 바쁘다는 핑계로 만나지 못했던 사람들도 많이 만났다. 무엇보다도 직장을 핑계로 시부모님과 등한시했던 시간을 만회할 수 있어 행복했다.

그리고 나를 위해 차를 끓이고, 읽고 싶은 책을 읽고, 하고 싶은 공부를 한다는 건 얼마나 신나는 일인가.

게다가 사랑하는 남편과 딸을 위해 정성껏 요리를 하고 따뜻한 목욕물을 받으면서도 충만한 행복을 느낄 수 있다는 걸 난 이 기간 동안에 새삼 깨달았다.

오늘아침에도 희뿌연 새벽에 눈을 떴다.

베란다 문을 열고 운무에 휩싸인 뒷산을 바라보니 산은 내게 묻고 있었다.

'살아 있는 삶이 어떤 건지 이제 손에 잡히느냐' 고.

(김수란)

엄마가 뀌었잖아요

우리 집 식구는 시부모님과 남편, 그리고 나와 아이들 이렇게 모두 여섯 명이다.

어른들과 함께 식사하던 어느 날 아침이었다. 아침식사를 하려고 밥을 입에 한 숟가락 넣으려는 순간

'뽀옹'

앗, 나의 실수! 며느리인 내가 그만 식전부터 큰 실수를 범하고 말았다. 나는 어른 앞에서 벌어진 일이라서 그만 아이들 핑계를 댈 수밖에 없었다.

7살짜리 아들에게

"니, 방귀 끼었제."

했더니, 아이는 그만

"엄마가 끳잖아요!"

한다. 이어서 터지는 가족들의 웃음소리.

그렇게 한바탕 아침부터 방귀소동을 쑥스럽게 무마하고 나서야 아침

식사를 모두 끝낼 수 있었다.

　우리 집에서는 참외 하우스 재배를 한다. 그래서 남편과 시어머니께서는 차를 타고 먼저 가시고 전 아들과 딸을 보낸 다음 오토바이를 타고 들로 나간다.

　그날은 하우스 안에서 참외 수정을 시키는 날이었으므로 어머니와 남편과 같이 하우스에 들어가 일을 하게 되었다.

　한참을 하다 그만 또 실수를 하고 말았다.

　애들이 있을 땐 애들 핑계를 댈 수가 있었지만 지금 상황은 그럴 형편도 아니었다.

　'에이 모르겠다.'

　머릿속이 급하게 돌아가면서 그만 남편에게

　"자기, 방귀 뀌었지요."

　했더니, 남편이

　"아니, 이 여자가 이제는 남편까지 팔아 묵나."

　하면서 핀잔을 주는 것이었다.

　조심성 없게 왜 자꾸 실수가 나오는지 모르겠다.

(서경숙)

210

탁월한 선택

　비록 실업자이기는 하지만 대학생이었던 남편과 겁 없이 시작한 신혼
은 오래도록 기다려오던 나의 간절한 소망이기도 했다.

　내가 걸음을 걷기도 전에 엄마와 영원한 이별을 하고 고생스럽게 성장
한 까닭에, 친정아버지는 직업도 반듯하고 가정형편도 넉넉한 곳으로
시집가기를 바라셨다. 하지만 나는 직업도 없고, 시부모님 모두 돌아가
셔서 고학으로 공부하면서 검정고시로 대학에 간 남자와 결혼하고 말았
다.

　아버지는 남편을 노골적으로 싫어하고 아예 무시해 버리기 일쑤셨다.

　시련 속에서 어렵게 맺어진 인연이었다. 그래서 나는 남편에게 아쉬운
점이 있어도 남편을 향하여 흥 볼 처지가 아니어서 가끔은 외롭기도 했
다, 그런 푸념을 남편에게 던지면 그는 그 푸념의 돌을 말없이 삼켜버리
는 깊은 강물처럼 너무 깊은 성격이라서 흔들리지도 않았다.

　늦게 퇴근하여 돌아오면 상한 계란 노른자 풀어지듯 축 늘어져 그냥 자
버리고 난 다음날, 떨어진 보리차를 끓이려고 보면 어느새 보리차가 담

긴 페트병 하나가 서 있곤 했다.

세탁기를 돌려놓고 깜빡 잠들면 구렁이 색시처럼 소리 없이 일어나 널어놓은 정갈한 빨래들….

내가 사사건건 잔소리 많은 아버지를 귀찮아할 때면, 오히려 이해해드리라고 말해주며, 만성신부전증으로 투병 중이신 아버지에게 어디서 났는지 병원비를 챙겨드리는 그이를 보면 얼마나 고마운지 모른다.

얼마 있으면 귀여운 딸아이가 태어난 지 2백일이 된다.

자식을 낳아보니 그 때의 아버지 심정을 알 것 같기도 하지만 그래도 지금의 남편은 얼마나 탁월한 선택인지 모른다!

결혼한 지 4년이 되어간다. 아버지의 노여움은 1년도 안되어 씻은 듯 풀리셨다.

이제는 오히려 아버지의 친아들처럼 든든해진 남편을 바라보면서 나는 그를 선택한 나의 용기가 너무나 자랑스럽다.

(홍혜연)

아버지가 전화를 주셨다

요즘같이 어려운 시대에 사업을 시작하여

"6개월만 참고 알아서 살아 줘봐."

하고 부탁한 남편이다. 그래서 그가 머리칼이 다 빠지도록 열심히 뛰어

다니는 모습을 보면서, 나는 한 마디 투정도 하지 않고

"걱정 마세요"

했다.

하지만 그것이 생각대로 쉽지는 않았다.

회사에 다닐 때는 제대로 먹던 점심도 이제 라면으로 한 끼 때우면서 그

래도 내가 힘들까봐 밑반찬을 하나 싸도

"김치만 싸줘."

하며 미안해하는 남편의 뒷모습을 보면서 얼마나 가슴이 아팠는지 모

른다.

그런 남편은 유난히 장인, 장모님을 좋아한다. 머리가 아파 식히고 싶

으면 친정이 있는 공주에 가자고 할 정도이다.

어제 저녁이었다.

"사랑이 식었느냐, 야들아."

하시며 아버지가 유머러스하게 전화를 하셨다.

요즘은 왜 전화도 안 하느냐며 딸인 나보다 남편과 더 길게 전화 통화
하시는 아버지다.

남편은 전화를 받고는 담배 한 개비 다 피우고 돌아서며 눈을 한 번 쓱
닦더니 내 손을 잡는다.

"꼭 성공할 거야. 나를 믿어주시는 분들, 실망시켜드리지 않도록 열심
히 살 거야. 당신이 꼭 지켜봐 줘."

그 한마디에 아버지가 뵙고 싶어졌다. 가슴이 울컥해서.

항상 부모님이라는 울타리로 그 자리에서 보살펴 주시는 것도 죄스러
운데, 이렇게 용기를 주시다니 얼마나 고마운지….

아버지, 언제나 부족한 저희들이 안길 수 있는 가슴을 가지신 아버지.

당신이 있어 이렇게 인생을 사는 것이 두렵지 않나 봅니다.

(최인숙)

친정어머니와 아기원피스

다음 달이면 두 돌이 되는 아이와 씨름하는 바람에 모처럼 떠나는 친정 나들이는 땀으로 얼룩져 버렸다.

무섭게 클랙슨을 외치며 달려드는 자동차도, 춤을 추듯 요란스레 스쳐 지나가는 중국집 배달부의 오토바이도 딸아이에게는 이것도 모두 신나는 세상 구경인지라 마냥 좋아 헤벌쭉 웃음을 띤 채 달려들기 일쑤이다. 친정집으로 들어서자마자 나는 마루에 파김치가 되어 벌러덩 드러누워 버렸다.

"할무이!"

"어이구, 우리 강아지."

이래서 친정이 좋다. 당분간 딸애는 할머니와 노닥거리느라 나를 잊어 줄 거다.

"애 이리와 봐. 여기, 꼬까 있다!"

친정어머니의 목소리는 짐짓 들떠 있었다.

"나, 꼼짝도 하기 싫어. 이리루 갖고 와 줘."

잠이 든 것 같았는데, 어머니가 흔드는 통에 꿀맛 같은 휴식에서 깨어나야 했다. 짜증을 내며 돌아보는 내 눈 앞으로 어머니는 딸애의 꼬까를 자랑스레 들이밀었다.

그 옷은 꼬까의 뜻을 새 옷으로만 알고 있던 나에게 너무나 큰 충격이었다.

도대체가 원래 제 색깔이 무엇이었는지도 모르게 바래버린 데다 소매와 치마 단은 해져서 아예 너덜너덜한 원피스 쪼가리였다.

"이게 뭐유, 엄마?"

그 옷을 받아드는 내 손가락은 무슨 걸레라도 집는 듯 집게 모양으로 올라갔고 내 입술은 사정없이 삐죽거리고 있었다.

"엄마, 어디서 이런 걸 주워왔어? 우리 시어머니 아시면 나 혼난단 말이야. 입히지 마."

만류하는 내 손도 뿌리치고, 제 딴에 뭔가 심상찮은 분위기를 느끼고 엉덩이를 저만치 뺀 딸아이를 당기고 또 당기고, 어머니는 꿋꿋하게 그 원피스를 입히고야 말았다.

무릎과 팔목이 껑충 나온 어정쩡한 원피스를 입고 서 있는 딸애를 보자 그 와중에도 슬며시 웃음이 나왔다.

"완전히 아기 각설이네, 아기 각설이."

누가 볼 새라 다시 벗기려고 손을 뻗다가 문득 보았다.

함빡 웃고 있는 어머니의 주름진 눈가에 고여 드는 습한 흔적. 그동안 딸아이를 그냥 보고만 있던 어머니가 와락 안아 들었다. 그리고는 이렇게 속삭였다.

"이 옷은 니 할미의 아기가 입었던 옷이란다. 예쁘지?"

딸아이의 볼을 부비고 있는 어머니의 얼굴을 나는 못 본 척 외면해야 했다.

그 옷은 내가 두 돌 때 입었던 옷이었다.

힘든 가난 속에서 숱한 이사를 다니면서도 30년 동안이나 끈질기게 그 옷을 간직해온 어머니의 정성도 정성이지만 어머니의 입에서 나온 '아기' 라는 표현이 내 목을 메이게 했다.

나는 집에 돌아와 딸아이의 옷장에 그 '아기 원피스' 를 접어 넣으며 결국 눈물을 흘리고야 말았다.

아마 30년 뒤에 이 옷은 또 두 여자의 마음을 아프게 할 것이다.

내 어머니의 30년에 또 30년을 더해 간직해 온 나 그리고 뒤를 이어줄 딸아이.

언제인가는 이 세상에 계시지 않을 어머니의 그 사랑에 벌써부터 목이 메인다..

(이수정)

엄마와 카네이션

어버이날을 하루 앞둔 퇴근길이다.

오랜 시간 집에서 쉬다 다시 직장생활을 시작한 지 얼마 되지 않은 터라 예년처럼 특별히 포장하는 선물은 엄두도 못 내던 터에 정류장 옆 꽃가게에서 예쁘고 탐스럽게 꾸며놓은 카네이션이 눈에 들어와 꽃집 앞에서 발길을 멈추었다.

꽃집에 들어가 그 가운데서 가장 탐스러운 카네이션 한 송이를 골라 값을 치르고 몇 개 남은 동전으로 집으로 향했다.

조금이라도 구겨질세라 흔들리는 버스 안에서 두 손으로 조심스레 감싸 쥐고 돌아온 퇴근길인데, 아버지가 아주 오래 전에 돌아가셔서 어버이날만 되면 어릴 적부터 남다른 느낌이 들곤 했다.

한 손에 든 카네이션은 화려했지만 나머지 한 손이 비어 있어 왠지 부끄러운 마음이었다. 현관 앞에서 크게 숨을 들여 내쉰 뒤 힘차게 문을 열고 들어가 부산을 떨었다.

218

"짠짜라짠!!"

"엄마, 어버이날 축하드려요. 오래오래 사세요. 사랑해요!"

하며 볼에 입맞춤까지 했다.

그런데 어머니는

"하룻밤 지나고 나면 버릴 걸 왜 번번이 쓸데없는 데 돈을 쓰고 그러니."

하시며 역정이 나신 듯한 음성으로 내 웃는 얼굴을 외면하셨다.

어머니가 그렇게 나오시니까 너무 민망했지만 유리잔에 물을 담아다 카네이션을 꽂아 두었다.

이튿날 어버이날 아침, 출근길이 바빴지만 일어나자마자 카네이션을 어머니의 가슴에 달아드리려고 했는데, 어머니는 꽃을 든 내 손을 물리치셨다.

"괜찮으니까 어서 출근이나 해라."

어제 저녁부터 이어진 어머니의 역정이 속상해서 섭섭한 마음으로 출근길을 서둘렀다.

'조그만 손수건이라도 한 장 사서 예쁘게 포장해 드릴걸 그랬지? 그깟 손수건이 얼마나 한다고 돈을 아꼈을까…'

이런 저런 생각으로 복잡했던 출근길이 어느새 퇴근길이 되어 어둠을 밟으며 다시 집으로 향했다.

버스를 몇 대 그렇게 보내고 느리게 집에 도착해 조용히 문을 열고 들어가니, 안방에서 통화중이신지 어머니의 목소리가 문 밖으로 흘러나오고 있었다.

"…그럼, 어제도 얼마나 예쁜 꽃을 들고 들어왔는데. 너, 우리 애 모습이 얼마나 예뻤는지 아니? 매년 받으면서도 왜 그렇게 쑥스러운지 말이야. 굉장히 민망하더라. 어머, 얘 그걸 어떻게 꽂고 다니니? 꽃 다 망가지게, 누가 사다 준건데, 그래, 응….”

눈물이 핑 돌아 나는 방에 들어와 누워버렸다.

어머니가 기척을 느끼셨는지 전화를 끊고 내 방으로 들어오셨다.

"너 언제 왔니? 왔으면 왔다고 얘길 하고서 밥을 먹어야지 왜 이러고 있어?”

"밥 안 먹어!”

괜히 소리를 지르고는 이불을 머리끝까지 당겨썼다.

"왜 그래? 어디 아프니?”

"아니야, 엄마 나가.”

마음과는 다르게 나오는 내 목소리에 나 자신도 의아했다.

'어제 엄마의 마음도 이랬을까?

한참을 울다 잠든 다음날 아침, 왠지 엄마와 얼굴을 마주하지 못할 것 같아 시선을 피하는데, 언뜻 안방에, 예쁜 꽃병에 꽂혀 있는 카네이션이 말갛게 눈에 들어왔다.

그날 저녁, 나는 조심스레 꽃병의 물을 갈아 놓았다.

(최영애)

시아버님의 헌 구두

"아버님! 구두 이것밖에 없습니꺼?"

며칠 전 신발장을 정리 하다가 문득 낡아버린 구두 한 켤레를 꺼내들고 아버님께 여쭈었다.

"그거만 하모 되지 내가 뭐 구두 신을 일이 그리 많아."

하신다.

생각해보니 그 구두는 10년 전 아버님의 회갑을 며칠 앞두고 아버님과 함께 나가서 사드린 그 구두 같았다.

"아버님, 이 구두 10년 전에 저하고 같이 가서 선 그 구두 아니에요? 참 많이 낡았네요."

했더니, 아버님께서

"와 아이라, 맞지. 인자 길이 나서 발도 안 아프고 신고 댕기기 딱 좋다 아이가. 좀 낡으모 어떻노, 핀하모 제일이제."

하신다.

갑자기 콧등이 찡해왔다.

낡아버린 구두만큼이나 많이 흘러간 세월이 허망하게 느껴지는 건 왜 일까? 그 구두의 나이가 어느 새 열 살이 되어버렸듯 나의 시아버님께서 는 그 구두의 세월만큼을 더 사셨다.

며칠 후면 아버님은 칠순이다.

머리 위에 하얀 눈을 이고 계신 듯한 모습에서, 얼굴의 깊게 패인 주름 살에서, 굵어진 손가락 마디마디에서 난 그 많은 세월을 느끼곤 한다.

시아버님은 분수에 맞지 않게 과소비를 일삼는 사람을 제일 싫어하신 다.

12년 전, 남편과 선을 본 후 지금의 시아버님을 처음 뵈러 왔을 때 첫인 상이 그렇게 좋아 보이고 인자해 보일 수가 없었다.

결혼을 하고 내가 아이를 가졌을 때 시아버님은 기뻐 어쩔 줄 몰라 하 셨다.

"묵고 싶은 거 없나? 머 묵고 싶노, 내 읍에 갔다오민서 사다주꼬마."

입덧이 너무 심해 아무것도 못 먹고 누워있는 나에게 다정하게 물으셨 다.

먹고 싶은 게 없다는 말에 그냥 나가시더니 돌아오시는 길에 사온 사탕 두 봉지를 내밀며

"이거라도 좀 묵어바라."

하셨다.

아이가 태어났을 때 세상에서 손자는 혼자 가진 듯 시아버님은 좋아

하셨다.

그 녀석이 할아버지, 할머니의 사랑을 먹고 자라서 어느새 초등학교 5학년이 되었다.

"허, 그놈 다리통이 내 다리 두 배는 넘겠다."

하시며 할아버지 키만큼 커버린 아들 녀석의 다리를 만지며 허허허, 즐겁게 웃으신다.

내일은 시아버님이랑 신나는 데이트를 또 한 번 해야겠다.

10년 전 그날처럼….

(이영경)

그리고 친구

그 해 여름

그해 여름은 뜨거운 날씨만큼이나 나를 힘들게 했고 여름이 지나고 푸른 가을 하늘이 나타나도 나의 마음은 착잡하기만 했었다.

남자 나이 45세.

두 아들의 아버지이자 가장인 내가 한창 일할 나이에 회사의 구조조정으로 직장을 하루아침에 잃게 되었던 것이다.

겉으로는 남들과의 경쟁에서 뒤지기 싫어

"설마 가족들을 굶기기야 하겠어?"

하며 아무것도 아니라며 태연하게 하루하루를 보냈지만 내 마음속에서는 위기의식이 팽배해 술을 마셔도 취하지 않을 정도였다.

퇴직금이라고 받은 것은 집 사람이 '자식들의 앞으로 대학 졸업 때까지의 등록금' 이라며 이미 동결시켰다. 나 또한 줄줄이 사업체가 부도가 나서 도산하는 마당에 돈이 투자되는 장사는 할 마음이 없었다.

노동사무소 산하 고용안정 센터에 구직 신청을 하니 실업급여가 조금씩 나오기 시작했다.

"그래 당분간 이걸로 버티면서 일자리를 찾아보는 거야."

정신을 다잡으며 인내심을 갖고 백방으로 여섯 달을 뛰어 다녔으나 소용이 없었다.

초조해진 나는 안 되겠다 싶어 눈높이를 낮추니 일용직이나 운전 직이 눈에 들어 왔다.

운전이라면 자신 있기에 정보지의 구인난을 눈에서 벼룩이 튀어 나올 정도로 훑어 나갔다. 용달, 배달, 오토바이, 화물차 운전… 택시….

며칠을 고민 끝에 기업체를 운영하다가 부도를 내고 구치소도 다녀와서 6년 전부터 택시 운전을 하고 있는 고등학교 동창인, 두꺼비라는 별명을 갖고 있는 친구에게 전화를 했다.

고등학교를 졸업하고 아버지가 대학 가라고 준 등록금으로 '다스킨'이라는 걸레 장사로 시작하여 아프리카로 수출하는 브래지어 공장까지 크게 운영하여 회사가 잘 나갈 때는 유명 일식집으로 곧잘 데리고 가서 감칠맛 나는 음식을 심심치 않게 사주던 친구였다.

그러다가 그 역시 IMF때 문 닫고 갖은 고초를 겪다가 지금은 택시를 모는 친구다.

"나 오늘 쉬는 날인데 한잔 할까?"

하고 그 친구가 전화를 하면 이번엔 내가 성의껏 좋은 식당으로 안내해야 하건만 나는 회사의 회식이다 이런 저런 모임이다, 또 시간이 날 때면 지갑 사정이 여의찮고 등등 자주 만나 주지 못한, 말 그대로 못난 친구를

둔 동창이다. 그런데 이제와서 그에게 도움을 청하려는 내 자신이 부끄러웠다.

하지만 체면 차릴 계제가 아니었다.

"나, 니네 택시 회사에 좀 들어가자. 되겠니?"

나는 두 병 째 소주를 시켰을 때 어렵게 얘기를 꺼냈다.

"야. 제법 한다 하는 회사도 문 닫는 판국인데, 너희 회사는 그래도 잘 버텨 나가는 거야. 하필 니가 데드라인에 걸린 게 억울하다만, 아니, 아니지. 내 후년이라도 그 회사 부도라도 나봐라 지금 직원들? 퇴직금 하나 못 받을 확률이 있을 수 있어."

친구는 차라리 퇴직금이라도 챙겨서 구조조정으로 나온 것이 다행인지도 모른다며 나를 위로하기 바빴다.

그러나 택시 기사 노릇도 쉬운 일이 아니라고 했다. 일주일 단위로 밤낮을 교대로 근무하므로 체력과 운전 실력이 받쳐 주어야 하고, 무엇보다도 시내 지리를 자기 동네처럼 꿰어야 하는 그게 한두 달로 익혀지는 게 아니라서 어려울 것이라는 이야기였다. 초보는 사납금 채우기도 어렵다고 겁을 주는 것이 아닌가.

나는 그의 엄포(?)에도 굴하지 않고 결국 처음 6개월은 사납금만 채우는 걸 목표로 택시를 하기로 했다.

택시 운전, 정말 장난이 아니었다. 겨우 사납금 채우기는커녕 물어내기가 일쑤였다. 무엇보다도 서울 시내가 그렇게 넓을 줄은, 처음 들어 보는 동이며 아파트가 그렇게 많은 줄은 정말 몰랐었다.

나는 이를 악물고 견디어 보자고 새벽 별을 보며 다짐했지만 혹독한 시련이 줄을 이었다.

정신없이 두어 달 정도 지나는 어느 날 새벽, 나갈 차비를 하는데 택배되어 온 상자 하나가 눈에 띄었다. 상자를 보는 순간 온 몸이 고단한 와중에도 나는 그만 웃음을 터뜨리고 말았다. 발신인에 '열심히 도(道) 닦는 맥주에게 두꺼비가'라고 씌어 있었다. 맥주를 하도 잘 마신다 하여 붙여진 학생 때의 내 별명이었기 때문이었다.

'초보 기사 노릇하느라고 힘들지? 도 닦는 기분으로 견뎌봐. 넌 재주가 많으니 좋은 일이 있을 거야. 뽀빠이처럼 먹고 힘내! 이 반찬 좋아했잖아.'

상자 속에는 영등포 야채시장에서 손님 기다리다 눈에 띄어 샀다는 메모와 함께 시금치가 한 상자 가득 들어 있었다.

나는 한동안 미소를 지으며 메모를 다시 한번 음미해 보았다.

'도 닦는 기분으로 시련을 이겨내라'

그리고 시금치.

나는 지금도 매일 컴컴한 새벽의 아침을 열기 위해 두 손을 깍지 끼고 하늘을 힘껏 기지개를 편 뒤 택시의 시동을 힘차게 걸고 있다.

(박준)

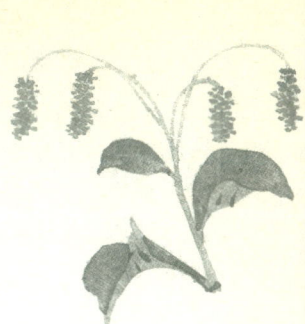

그리운 술 빵

　내가 아주 어렸을 때, 그 시절만 해도 지금처럼 슈퍼에서 파는 간식거리들이 무척 귀했다. 또 슈퍼라고 해봐야 조그만 구멍가게에 불과했다. 그래서 엄마는 우리 사남매를 위해서 항상 밀가루 술 빵을 만들어 주시곤 하셨다.

　양은그릇에 밀가루를 가득 담아 막걸리를 넣어 반죽하는 그 술 빵을, 엄마가 반죽을 할 때면 우린 부엌으로 나있는 작은 문을 통해 언제쯤 다 되느냐고 몇 번씩 물어보곤 했다. 빵을 부풀리는데 막걸리를 사용했는데, 당시에는 이스트나 파우더가 귀했기 때문이었다.

　막걸리와 밀가루를 섞은 반죽이 시간이 지나 발효가 되면, 엄마는 크고 검은 솥에 불을 지펴서는 이것들을 모시 보자기를 깐 쟁반위에 옮겨 넣고 쪄내셨다.

　밀가루, 설탕, 막걸리가 재료의 전부였다. 그런데도 그 빵은 신기하게도 요즘 제과점의 빵과는 비교도 되지 않을 만큼 달착지근하고 부드러웠다.

막걸리의 시큼한 냄새와 설탕의 단맛은 먹 거리가 넘쳐나는 요즘 아이들에겐 맛없는 시골음식에 불과하겠지만, 세월이 지난 지금도 난 그 맛이 그립다.

막걸리 하면 내게 잊혀지지 않는 추억거리가 하나 또 있다. 품앗이 하러 온 동네 사람들을 위해 사다놓은 막걸리가 감쪽같이 없어져 버린 일이 있었다.

범인은 우리 집에서 가장 장난기 많고 호기심 넘쳐나는 둘째언니였다.

이 사실을 모르고 있던 엄마가 막걸리를 가지러 가보았더니 언니는 부엌 빗자루를 들고서 기타 치는 흉내를 내며 열심히 춤과 노래를 흥얼거리고 있었던 것이다.

술에 잔뜩 취해서는 엄마도 알아보지 못하고 횡설수설 건들건들했다. 그 때 함께 있던 가족들과 동네 사람들은 모두 배꼽을 잡고 웃어야 했다.

한적하고 정겨웠던 그 때의 시간들이 다시 돌아올 수 없다는 것을 잘 알고 있어서인지 자꾸만 더 술 빵이 그립다.

그때의 시간들이 더욱 소중하게 느껴진다.

내일은 엄마에게 그때의 술 빵을 만들어 달라고 해봐야겠다. 엄마는 귀찮아하실지 모르지만, 나는 당시 예전의 그 추억 속으로 다시 들어가고 싶은 것이다.

내일 엄마를 만날 생각을 하니 벌써 입 안에서 군침이 돈다.

(김자연)

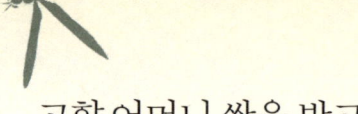

고향 어머니 쌀을 받고

여느 때처럼 퇴근하자마자 곧장 집으로 가는 전철을 탔다.

전철 안에서 내내 마음이 울적했다.

시골에서 농사를 짓고 계시는 어머님에게서

"오늘 너희들에게 쌀 다섯 가마를 보낸다."

는 전화를 받고서부터이다.

왠지 모르게 기쁨보다는 슬픔이 가슴 가득히 밀려왔다.

　나의 부모님은 시골 고향에서 수십 년 간 농사를 지으시면서 한평생인 70년을 논밭에 나가 농사가 천직이라고 생각하시면서 농사를 지으셨다.

　벌써 수많은 세월이 흘러 결혼한 지도 10년이 지났건만 어머님께서는 항상 손수 지으신 쌀을 아들과 손주들을 위해 식량을 보내주시는 것이 보람이라시면서 해마다 자식들에게 이때쯤이면 팥과 감, 쌀, 콩, 고구마, 잡곡 등을 화물 트럭으로 보내주신다.

아무것도 모르는 탓인지 아내는 시부모님께서 1년 동안 먹을 쌀을 보내주셨다고 너무나도 기뻐하며 즐거워한다.

아내뿐만 아니라 옆집이나 인근 아주머니들까지도 아내를 만나면

"시댁에서 농사를 지어 1년 동안 먹을 양식을 보내줘서 좋겠어요."

하고 부러워한다.

그렇지만 이런 말을 아내를 통해 들을 때는 아버님과 어머님 생각에 목이 메이고 가슴이 미어 온다.

시간이 되는 대로 고향에 내려가 부모님을 자주 찾아뵈려고 하지만 고향이 너무 멀다보니 그것도 여의치가 않다.

이번에도 금년 농사를 손수 다 지어 장남에게 쌀 다섯 가마를 보내고 출가한 여동생과 숙부 댁에 양식을 하시라고 쌀을 보냈다.

집에 들어서자 초등학교에 다니는 두 딸이

"아빠, 오늘 시골 할머님이 보내주신 쌀이 많이 왔어요."

라면서 좋아서 어쩔 줄을 몰라 한다.

아내와 딸이 좋아하는 모습을 뒤로 하고, 운동복을 입고는 집 근처의 학교 운동장으로 갔다. 초롱초롱한 별이 반짝이는 밤하늘에 부모님 얼굴이 두둥실 떠올랐다.

오늘따라 유난히도 어머님과 아버님이 보고 싶어지고, 부모님 생각을 하다보니 눈물이 왈칵 쏟아졌다.

어린 시절부터 지금까지 온갖 고생을 하며 학교를 다녔던 일들도 떠올라 복잡한 심사가 더욱 어지럽다.

결혼하기 전에는 그래도 봉급이라도 타면 부모님께 쇠고기 한 근이라도 사가지고 자주 찾아뵈었건만 결혼을 하고 보니 봉급도 통장으로 입금되고, 아내는 항상 생활비가 쪼들린다고 발을 동동 구른다.

　때로는 돈이 무엇인지, 삶이 무엇인지 하는 생각에 잠을 이룰 수가 없다. 인생이란 '빈손으로 왔다가 빈손으로 떠난다'는 무소유 철학들이 나의 마음을 위안시키지만 아이들과 아내 그리고 연로하신 부모님께 항상 미안할 뿐이다.

　이제, 곧 조상 분들의 제사를 모시는 시제가 다가온다.

　그때는 꼭 보약이라도 한 재 지어서 부모님 계신 고향을 찾아야겠다.

(이응춘)

선생님 여보

　고등학교 시절, 나는 정보학교 학생이었기 때문에 자격증을 따기 위해 학원에 다니고 있었다.

　어느 날 학원에 선생님 한 분이 새로 오셨는데, 선생님은 군대를 갓 제대한 듯 짧은 머리에 행동도 씩씩하여 학원에 신선한 바람을 일으켰다. 학생들은 금세 선생님을 좋아하게 되었다.

　나 또한 첫눈에 선생님한테 반했다. 그래서 남몰래 선생님에 대한 짝사랑을 키우고 있었다.

　그런데

　"누가, 누구 때문에 머리에 신경을 쓴다."

　느니, 또는

　"학원에 오래 남아 선생님한테 잘 보이려고 한다."

　는 등 이상한 소문이 돌기 시작하자 나는 선생님을 대하기가 다소 거북해졌다.

　그러나 선생님은 소문에 전혀 상관하지 않고 예전과 똑같이 나를 대해 주셨을 뿐만 아니라 오히려 더욱 내게 관심을 가지고 잘해 주셨다.

선생님이 그렇게 나오자 나는

'혹시 선생님도 나를 좋아하는 게 아닐까'

하는 당치도 않은 생각을 품었다.

그런데 정말 뜻밖에도 당치 않은 일이 현실로 나타났다. 선생님도 나를 좋아하셨던 것이다. 나는 날아오를 것 같은 기쁨을 느꼈다.

나는 선생님과 몰래 데이트를 시작했다. 신분 차이(?)에도 불구하고 우리 사이는 깊어갔다. 하지만 시내에 나가서도, 혹시나 아이들 눈에 띄지 않을까 걱정해야 했다. 그래서 구석진 곳에서밖에 데이트를 할 수 없었다.

나는 선생님께 아예 우리 사이를 밝히자고 억지를 쓰기도 했다. 하지만 말은 그렇게 하면서도 그럴 수 없다는 것을 누구보다도 잘 알고 있는 나였다.

그런 어느 날, 내 머리에서 열이 모락모락 나는 일이 발생했다.

학원에서 야유회를 가던 날, 그 때 나는 3학년이어서 1,2학년 후배들을 통솔하는 입장이었다.

그런데 1학년 아이 중 유난히 선생님을 잘 따르는 아이가 한 명 있었다.

그 사실은 알게 모르게 계속 나의 신경을 건드렸다. 나는 내색 하지 않으려고 노력 했지만 자꾸 짜증이 났다.

야유회를 끝내고 돌아오는 길에 우린 모두 기차를 탔다. 그때까지도 선생님과 그 아이는 무엇이 그리 좋은지 노래를 부르면서 신이 나 있었다. 두 사람에게 신경을 하도 썼기 때문일까? 배가 살살 아파왔고 식은땀도 흘렸다.

사랑하는 사람이 옆에 있는 데도 표현하지 못하는 내가 서글펐다.

친구는 나의 모습을 보더니 겉옷을 얻어오겠다면서 선생님께 걸어갔다. 그런데 선생님이 벗어준 외투를 선생님 곁에 붙어 있던 그 아이가 빼앗더니 자기가 걸쳐버리는 것이 아닌가.

그 모습을 보고 나는 기차 출입구로 가서 쪼그리고 앉아 울었다. 이렇게까지 마음 아파하면서 하는 게 사랑이라면 그만두기로 결심했다.

그러나 다음 날 선생님의 '사랑한다'는 따스한 말 한 마디에 결심은 스르르 사라졌고 나는 선생님과 몰래 데이트를 계속 이어나갔다.

선생님은 얼마 후에 그 학원을 그만두셨다. 그리고 나와 결혼했다.

여고생과 선생님으로 만나 지금은 평생을 같이 하는 동반자가 된 우리는 앞으로 영원히 행복하게 살 것이다. 그리고 나는 나의 여보가 된 선생님을 죽을 때까지 사랑할 것이다.

(이재영)

산적 남편과 우렁각시

　대학생으로서 용돈이라도 벌 심산으로 저녁 때 호프집에서 아르바이트를 하기 시작했다. 고등학교를 졸업하고 첫 사회생활을 하는 셈이기 때문에 열심히 일했다.

　카운터 언니가 시키는 대로 손님이 오면 꾸벅 인사하고, 주문을 받을 때는 활짝 웃고, 미성년자 검사도 철저히 했다.

　그러면서 가끔씩 연세가 지긋해 보이는 손님에게는 일부러 신분증을 보여 달라고 하면서 장난을 쳐 분위기를 띄우기도 했다.

　그날도 역시 나는 신분증을 보여 달라며 장난을 하고 있는데, 보통 키에, 통통하게 오른 살, 그리고 내가 제일 싫어하는 장발, 거기에 커다란 기타 가방을 어깨에 짊어진 모습으로 산에서 내려온 산적을 방불케 하는 남자가 가게로 들어왔다.

　나는 그 산적 같은 사람에게도 마찬가지로 웃으면서 장난을 쳤다.

　"죄송하지만 우리 업소에서는 미성년자에게 술을 팔지 않습니다. 신분증을 보여주세요."

그러자 그도 씨익 웃으며 순순히 신분증을 보여주었고 안으로 들어갔다.

그는 그날부터 내가 일하는 곳에 매일 출근 도장을 찍었고 한 달쯤 지나자 친구를 통해 내 연락처를 물어왔다.

처음 그의 외모는 나에게 호감은커녕 관심도 불러일으키지 못했다. 하지만 매일 오면서도 말도 제대로 붙이지 못하고 눈이 마주치면 얼굴이 빨개지면서 고개를 숙이는 그가 순진해 보이기도 하고, 착해 보이기도 해서 나는 호출기 번호를 가르쳐 주었다.

어느 날 밤 그는 '내일 호프집 앞 커피숍에서 만나요' 라는 음성 녹음을 남겼다. 그런데 나는 그와 만나기로 한 날 사정이 생겨 3시간이나 늦게 되었다.

약속 장소로 부랴부랴 가면서도 설마 3시간이나 기다리는 사람이 어디 있겠나 싶었지만 그래도 혹시나 하는 마음으로 약속 장소로 갔다.

그런데 그는 그 시간까지 나를 기다리고 있었다.

그 모습에 감동한 나는 그와 만남을 시작했다. 나는 이상하게도 첫날처럼 매번 꼭 지각을 하게 되었다. 그는 늦지 않으면 바람을 맞히기 일쑤인 나를 싫은 소리, 화난 내색 한 번 하지 않고 6개월이나 열성적으로 따라다녔다.

말이 6개월이지 내가 생각해도 그건 정말 대단한 '산적의 순정' 이었다.

지각대장이 내가 뭐가 그리 좋을까 싶으면서도 그런 그가 너무나 고마웠다. 우리는 오랜 연애 끝에 결혼했다.

결혼하고서 그는

"첫인상은 진짜 말 그대로 순간일 뿐이야."

라면서 지금은 우렁각시 같았던 나에 대한 환상이 깨졌다고 늘상 말을 하지만 나는 괜찮다. 말은 그렇게 하지만 남편은 여전히 나를 우렁각시로 생각 하고 있다는 것을 알기 때문이다.

산적 같은 남편과 함께 사는 나는 지금 무척 행복하다. 내가 만약 남편의 외모 때문에 그를 거들떠보지 않았다면 남편을 쏙 빼닮은 어린 산적을 낳을 수는 없었을 것이다.

사람은 역시 외모보다는 내용물(?)이 좋아야 한다는 것을 난 진작에 알았던 거다.

(김은경)

첫눈에 반한 아내

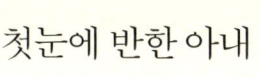

운명적인 느낌이라든가, 기분이 최고였다든가.

사람은 누구나 제 눈에 안경이라고, 자기 마음의 틀에 맞는 상대를 만났을 때의 순간적인 느낌을 오래 간직하게 된다.

아내와 나는 같은 은행에서 근무하고 있었지만 다른 지점에서 일했기 때문에 서로의 얼굴을 볼 일이 없었다.

그런데 날씨가 몹시 추웠던 겨울 어느 날, 아내는 여자 행원의 인사이동으로 내가 근무하는 지점으로 왔다.

나는 그때 군대에 입대할 날을 며칠 남겨 놓지 않은 처지라서 여자한테 신경 쓸 겨를이 없었다. 특히 낮에는 근무하고 야간에는 대학을 다녀야 했기에 그때까지 이성에 대한 생각은 거의 하지 않았었다.

그렇지만 새로 여직원이 전근해 온다는데 총각의 마음이 마냥 태연할 수는 없는 일이다. 영업 마감 시간이 지나고 지점장님과 함께 모습을 나타낸 새로 온 여직원에게 나도 모르게 눈길이 쏠리는 것은 당연한 일이었다.

나는 남자치고는 체격이 왜소하고 키도 작은 편이다. 그러면서도 데이트 상대는 소위 글래머라고 불리는 스타일을 좋아했다. 그렇지만 절대로 글래머라고 불릴 수 없는 그녀에게 어쩐 일인지 나는 첫눈에 반하고 말았다.

내가 보기에 아내의 모습은 절대로 뚱뚱하지 않았고 (아내는 그때 사실 무척 뚱뚱한 편이었다) 키도 작아 보이지 않았다.

한 마디로 너무 예쁘고 귀여웠다.

나는 직원들끼리 소개하고 인사를 나누면서 순간적으로 아내가 내 사람이 될 것 같은, 말로는 표현할 수 없는 묘한 기분이 들었다.

그녀는 친절했고 창구에서의 업무 처리도 나무랄 데 없었다.

그녀는 볼수록 예뻤다.

그런데 어느 날 밤에 대구의 큰 재래시장인 서문시장에서 큰불이 나는 사건이 일어났다.

그 불로 인해서 그녀의 집과 가게가 모두 전소되었으나 이튿날 그녀는 사무실에 아무 일도 없는 것처럼 멀쩡히 출근해 있었다.

나는 아내에게 사내 전화를 했다.

"집에 큰 일이 났는데 일이 손에 잡히겠어요? 하루쯤 쉬세요."

나는 관심을 이렇게 전하면서 그녀를 위로했다. 그녀는 고맙다고 했다.

그런데 1주일 뒤 그녀가 느닷없이 사표를 제출했다.

난 어이가 없었다. 그녀를 붙잡고 그만두지 말라고 말렸지만 막무가내였다. 그러면서 하는 말이 나를 처음 본 순간부터 나와의 인연이 운명적일 것 같은 느낌이 들었기 때문이라고 했다. 정들고 사랑에 빠지기 전에 그만 두는 것이라면서. (그때 아내는 은행원과는 절대로 결혼하지 않을 것이라고 마음먹고 있었다고 한다)

하지만 나는 결국 그녀와의 인연을 부부라는 필연으로 만들었다.
군에 입대하고 난 뒤 나는 거의 500여 통 가까운 편지를 아내에게 끈질기게 보냈다. 지성이면 감천이라고 끝내 아내는 나를 받아들였고 나와 결혼했다.
한 순간에 그녀에게 빠져버린 나처럼 세상에 첫눈에 반한다는 것은 있을 수 있는 일이다.

(석정훈)

피는 물보다 진하다구

　지금 생각해보니 우리의 인연은 흔히 사람들이 말하는 천생연분일 수밖에 없는 것 같다.

　재작년 가을 어느 날, 오전 열 시경, 남편은 7급 행정직 공채 시험 1차 합격 후 대구 적십자 병원에서 채용 신체검사서를 발급 받기 위해 임상병리 검사실인 우리 방에서 혈액 채취를 했다.

　시간에 늦은 줄 알고 허겁지겁 뛰어와서인지 군복에서 땀 냄새가 진동했고 팔은 땀으로 범벅이 되어 소나무의 송진보다 더 끈적거렸다.

　나는 채혈을 하면서도 속으로 계속 궁시렁거렸고 그를 마구 째려보았다.

　점심시간이 막 지났을 무렵, 신생아실 입구에 서있던 그가 내 팔을 잡으면서

　"어쩌면 좋으냐. 이제 난 떨어졌다."

　하면서 신세타령을 했다.

　그에게 자초지종을 들은 나는 아무 이상 없으니까 건강관리과에서 검

사서를 찾아가라고 말해주고 방으로 돌아갔다.

　그런데 30분쯤 흘렀을까.

　그에게서 전화가 왔다. 그는 다짜고짜 만나자고 하면서 친절하게 잘 설명해줘서 고맙다며 커피를 한 잔 사겠다고 했다.

　"할 도리를 했을 뿐이에요."

　하고 새초롬하게 말한 후 전화를 끊어버렸다.

　그런데 며칠이 지나자 또 전화가 왔다.

　과천 정부종합청사라고 하면서 자신을 밝히는 사람은 그 때 그 군복을 입은 남자였다.

　자신이 국가 행정직 7급 시험에 3등으로 합격했으니, 그날 밤 당장 만나자는 것이었다. 나는 정중히 거절하고 수화기를 내려놓았다. 그 때 나는 늦깎이 대학 초년생으로 아르바이트를 하느라 병원에서 실습을 하던 중이었고, 또 임상병리사 면허를 따기 위해 공부에 전념해야 했다.

　나는 그 후 대학 졸업과 동시에 임상병리사 면허증을 땄다. 부산 해운대구 보건소에서 근무를 하게 되었다.

　그때 느닷없이 전화가 또 걸려왔다.

　강원도 태백에서 근무를 하게 되었다는 군복의 그 남자였다.

　대전역 파출소 앞에서 오후 2시에 만나자는 것이었다.

　그런데 만나기로 한 날 그가 보이질 않았다. 얼마쯤 지나자 어떤 아저씨가 내게로 걸어오더니

"저 ○○○씨 기다리죠? 그분이 조금만 더 기다려 달라는데요. 무슨 일이 있어도 꼭 온대요."

라고 메시지를 전했다.

그렇게까지 나오자 나는 그냥 부산으로 내려갈 수가 없었다.

드디어 그는 6시 20분에 나타났고 숨을 혁혁 몰아쉬면서 대전에서 강원도 태백까지는 주말열차 한 대만 운행하는 오지이기 때문에 20분 후에 다시 기차를 타야 한다고 했다.

그래서 결국 그와는 20분 만에 헤어질 수밖에 없었다. 헤어지면서 내가

"아직 결혼 안하셨어요?"

하고 묻자 그는 펄쩍 뛰면서

"미쳤어요? 장가갔으면 내가 왜 여길 나와요?"

라면서 다음에 만날 약속을 잡자고 졸랐다.

나는 약속을 잡았고 그때부터 우리의 진도는 엄청 빨리 진행되었다. 물론 결혼도 속전속결로 치렀다.

피를 뽑아주면서 만나게 된 남편과 이제 19개월 된 아들, 이렇게 식구는 '피는 물보다 진하다' 라는 진리로 만나게 된 셈이다.

(장영희)

쑥국

　새봄이 점점 다가선다는 신호일까? 비가 자주 내리는 것 같다. 이 비를
발판으로 삼아 새싹은 새봄으로 성큼성큼 다가서겠지.

　잔디밭에도 겨울빛과 봄빛이 어우러져 파스텔 색조를 이룬다.

　겨울김치는 찌개, 부침, 볶음 등 열심히 해 먹고, 새 김치에 맛을 들인
다. 동치미도 시원스럽게 담아 봄 식단을 차린다. 어제는 쑥국을 끓였더
니 아이가 국을 먹으며 말했다.

　"엄마. 씹을 때마다 향긋한 냄새가 나는 것 같아요."

　서울에서만 자란 우리 아이는 쑥국이 무척 신기한가보다.

　쑥국이 아니라 냉잇국에 돌나물, 달래, 씀바귀 무침을 내 아이들은 모
른다.

　산등성 아래 자리한 논둑은 봄이 되었어도 녹을 줄을 모른다.

　어설프게 녹은 논둑은 잘못디디면 무너져 내려 조심스럽게 씀바귀를
뜯었다. 입맛이 없는 차에 그 씀바귀의 씁쓸한 맛은 입이 짧으신 아버지

의 식욕을 돋구어 주었다.

달래도 항상 나는 곳에 나기에 봄이 되면 그때 그곳으로 향하게 마련이었다. 너무 큰 것은 세었고 중간 정도 자랐을 때 먹어야 연하면서도 제 맛이 났다.

봄이면 우리의 즐거운 것은 아니다. 들에서 돌아오시던 어머니는 하얀 조팝나무와 진달래를 한 아름 꺾어 오셔서는, 꽃꽂이를 하시곤 했다.

우리의 귀도 즐거웠다. 장날이면 할머니께서 한 상자씩 병아리를 사 오셨다. 병아리는 처음에는 울타리 안에서 키우다가 조금씩 커지면서 집 안팎을 돌아다니며 노래를 했다. 파릇하게 돋아난 채소를 뜯어 먹어 속은 썩였지만 어쩌다 잘못되어 죽기라도 하면, 아침에 일어난 우리가 볼세라 어머니는 그 식어진 노오란 병아리를 뒤 곁에 묻으셨다.

병아리가 자라 알을 품는 닭이 되면 우리 식구에게 큰 식량이 되었다.

닭울음소리에 슬며시 손을 넣으면 방금 품에서 나온 따뜻하고 주먹만 한 계란 한 개가 쥐어진다. 차곡차곡 모은 계란은 장날 우리에게 또 다른 먹 거리를 안겨다 주었다. 생선이나 고기를 먹을 수 있었기 때문이다.

정말 '계란' 하면 눈물겨운 사연이 나에게 있다. 9남매를 키우신 나의 어머니. 늦게 본 손자의 생일에는 할머니께서 생일 떡을 해 주셨지만 우리 7공주에게는 어림없었다. 어머니께서는 마음이 아프셨는지 생일날이면 할머니 몰래 우리를 불러 계란 프라이를 해주시기도 했다.

주부가 된 지금. 프리이팬에 서너 개의 계란을 깨서 계란 프라이를 하려고 하면, 어머니의 그 마음이 뭉클하게 와 닿는다.

그리운 어머니. 당신의 막내딸이 자식을 키우면서 어머니를 많이 그립니다. 예전에는 철없이 투정만 부렸던 막내딸, 시도 때도 없이 어머니에 대한 그리움이 몰려 와 가슴을 죄어 옵니다.

살아생전 효도 한번 못해드리고 철이 들 무렵 그렇게 훌쩍 떠나가신 어머니.

당신의 일기장에는 모처럼 장에라도 가면 새가 된 느낌이라고. 그렇게 행복해 하신 어머니.

어머니 계신 그 곳에서 맘껏 날개를 펴십시오.

(김혜란)

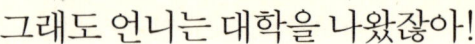

그래도 언니는 대학을 나왔잖아!

내가 동생의 일기를 본 것은 우연이라기보다는 책상위에 동생이 의도적으로 펴놓았기 때문이라고 지금까지도 나는 믿고 있다.

5남매 중 위로 둘째인 나는, 아들도 첫째도 아님에도 불구하고 장손에 버금가는 대우를 받으며 학창 시절을 보냈다.

생활이 어려워 언니는 야간 여상에 들어갔다. 그러나 나는 '여자는 배우면 되바라진다' 는 아버지의 강력한 반대도 있었지만 그것을 무너뜨리고 대학에 진학했다.

그 바람에 동생은 선택의 여지없이 여상으로 진학해야 했다.

나는 그것을 세 자매 중 공부를 가장 잘한 내게 주어진 당연한 권리로 받아들였다. 자질구레한 집안 심부름은 언제나 동생의 몫이었다.

내가 밤늦게 책을 읽는 것은 대학생의 면학 근성이고, 가끔씩 발그레하게 물든 얼굴로 귀가하는 것은 고민이 많은 탓이고, 밤새 전화 통화로 동생의 밤잠을 설치게 하는 것은 가끔 있는 일이니 동생이 이해해야 하고….

하지만 그 반대의 경우는 절대 용납되지 않았다. 말하자면 나는 동생을 감정이 없는 사람으로 치부했던 것이다.

그런 생활이 언제부터 시작됐더라? 고등학교? 중학교? 아니 내가 초등학교를 들어가면서부터 시작되었던 것 같다.

스스로 한글을 깨우치고 초등학교에 들어간 나는 겨울 방학이 되자 여섯 살이 되어서야 말이 트인 동생에게 한글을 가르쳤다.

추운 날만을 일부러 골라 얇은 옷과 맨발 차림으로 마당에 세워 놓고 그날의 분량을 채우지 못하면 방에 들이지 않았다. 그렇게 해서 동생은 한글을 깨치고 학교에 들어갔다.

동생의 일기는 그날의 기억부터 시작되어 있었다. 나의 호칭은 '그 여자'였다. '그 여자는'으로 시작되는 한 권의 일기는 시종 일관 내 얘기였다. 언니의 횡포가 얼마나 자신을 멍들게 했는가에 대한 심경이 적나라하게 적혀 있었다.

그러나 난 그날 이후에도 마치 일기장엔 눈길도 주지 않은 것처럼 뻔뻔스런 언니 노릇을 지속하며 대학을 졸업했다. 그 사이 동생이 울며 대든 적이 있었는데 무슨 일로 그랬는지 기억은 없지만 그때 한말이 지금도 가끔 가슴 한구석을 찌릿하게 울려오는 것이다.

"그래도 언니는 대학을 나왔잖아!"

늘 윗사람 행세를 하며 동생에게 권위를 내세웠던 내가 동생의 살뜰한 도움을 받게 된 것은 내가 피리미드 회사에 꼬이면서부터였다.

그것은 3박4일 간의 세뇌 작업과 쉴 새 없는 교육을 통해 의식을 무력하게 하는 폭력의 도미노였다.

동기야 어쨌든 나로 인해 몇몇이 피해를 입고 나 또한 살아오면서 쌓아온 신뢰가 일순간 무너져 내려 많은 이들을 잃게 되었다.

사업이 부진해 몇 백만 원의 빚을 지는 경우라면 차라리 떳떳하기라도 할 텐데 만나는 사람들마다 흘낏흘낏 쳐다보는 눈빛은 감당하기가 힘들었다.

전철을 타거나 음식점엘 가거나, 어디를 가건 사람들이 손가락질을 하는 것 같아 외출마저 꺼리게 되었다.

그런데 그 인생의 암흑기에 손길을 내민 것은 다름 아닌 동생이었다. 동생은 여상을 졸업하고 우유회사의 경리로 근무하고 있었다. 그 동생이 박봉을 쪼개 들어둔 적금 중 만기가 되어 찾은 5백만 원을 내게 내밀었다.

언니에게 피해를 본 사람들에게 빚을 갚으라며 내미는 그 돈을 나는 염치 불구하고 말없이 받았다.

온몸에서 발산되던 자신감을 잃은 것은 그 일이 있은 후였다. 나는 피라미드로 인해 돈과 신뢰와 자신감을 잃었지만 겸손을 배웠다.

그 후 나는 가장 친한 친구에게 이런 말을 했다.

"만약 내가 대학을 졸업한 후로 승승장구했더라면 동생은 평생 언니와 대학에 대한 콤플렉스를 버리지 못했을 거야. 어쩌면 나의 실패가 동생에게는 자신감을 불어넣었는지도 모르겠어."

그러자 친구는

"아직도 너는 자만에 빠져 있는 것 같다. 내가 보기엔 넌 맨발로 뛰어도 네 동생을 따라 갈 수없을 것 같은데…. 내가 네 자존심을 너무 긁었나?"

맞는 말일 것이다.

나 같으면 동생이 어려워졌을 때 그렇게 힘이 되어 줄 수 있었을까?

나보다도 든든한 집안의 기둥 구실을 하는 동생이 한없는 미안하고 고맙다.

갑자기 요즘 동생의 일기가 궁금해진다.

(정미카엘라)

두 안사돈의 미국 나들이

"어머 그게 정말이에요? 친정엄마랑 시어머니랑 같이 미국에 오신다구요? 불편하지 않을까 몰라. 원래 두 분이 그렇게 친하세요?"

미국에 온 지 어느 새 365일 하고도 한 달이라는 세월을 훌쩍 넘겨버린 우리 부부를 그리워한 양쪽의 어머니들이 서울에서 이곳 미국까지 오신다는 소식에 주위에서 나타낸 반응은 한결같이 우려하는 쪽이었다. 그도 그럴 것이 예전부터 사돈지간이란 가장 가깝고도 먼 관계이다. 갖은 예절과 절차를 지켜야 하는, 조금은 피곤한 관계이다. 그런 두 안사돈이 함께 나들이를 한다는 것 자체가 뉴스거리로 회자되는 것은 어찌 보면 당연한 것이었다.

하여간 주변 사람들의 의외의 반응들이 계속되자 무심코 두 분이 두 분이 함께 오시도록 분위기를 조성한 우리는 은근히 걱정하기 시작했다.

사실 처음부터 두 분이 함께 미국행을 계획한 것은 아니었다. 그런데 우연히 시기가 맞아떨어져 아예 두 분이 함께 오시도록 제안을 한 것이었다.

우리들의 제안을 미국 나들이를 처음 하는 두 분이 의외로 흔쾌히 받아들여 결국 같은 비행기에 오르게 되었다. 괜히 그랬나 하고 후회가 되기 시작할 때는 이미 엎질러진 물이었다. 두 분은 1년 넘게 보지 못한 아들과 딸을 그리며 가방 가득 짐을 챙겨 이미 비행기에 오르신 뒤였다.

이렇게 친정 엄마와 시어머니, 두 분의 한 달 예정인 미국 생활은 나와 남편을 포함한 주변 사람들의 우려와 염려 속에 시작되었다.

친정 엄마와 시어머니는 조용한 성품의 소유자이시긴 하지만 불교에 가까운 친정 엄마와는 달리 기독교 집안에서 자란 독실한 신앙인인 시어머니가 드디어 한집에 살게 된 것이었다.

그래서 나는 웬만하면 두 분 곁을 떠나지 않고 자리를 지키며 중요한 순간(?)에 나설 만반의 채비를 하고 있었다. 그러나 바쁜 미국 생활이라 늘 집에서 있을 수만은 없는 일이었다. 난생 처음 겪는 시차 극복으로 조금 힘들어하던 두 분이 오신 지 사흘째 되던 날 우리 부부는 결국 모두 일을 하기 위해 집을 비워야 하는 사태가 발생했다.

그래도 그 동안에는 아들, 딸이 함께 있어서 별 어색함이나 서먹함 없이 잘 지냈는데 이제 두 분만 집에 남게 되니 걱정이 이만저만 되는 게 아니었다. 차가 없으면 한 발자국도 나갈 수 없는 이곳의 독특한 환경 탓에 꼼짝없이 두 분이 기나긴 하루를 함께 지내게 된 것도 신경이 쓰였다. 무슨 일 있으면 연락하라는 말만 남기고 조마조마한 마음으로 못내 안타까워하며 집을 나섰다.

하루 종일 이런저런 잡생각이 끊이질 않는 가운데 일을 마치고 드디어 집으로 돌아왔다.

그런데 이게 웬일인가. 아침까지만 해도 꼬박꼬박 존대를 하며 어려운 사돈지간의 모양새를 갖추던 두 분이 우리가 없는 하루 사이 자매지간같이 변해 있는 것이었다.

이역만리 남의 나라인 미국 땅에 나가지도 못하고 두 분만이 고립되어 있다보니 동병상련의 기분을 느끼셨나보다. 그래서 지나온 수십 년의 세월을 하루 종일 대화로 풀어내신 모양이었다. 그러다 보니 세살 연배가 차이 나는 것도, 사돈지간이라는 것도 잊은 채, 그저 같은 시대를 살아온 여자요, 아내요, 어머니로서 서로를 이해하며 누구보다 편한 사이로 느껴지기 시작했다는 것이다.

더욱 놀라운 것은 세 살이 위인 시어머니가 친정 엄마에게 '동생이라고 생각할 테니 편하게 지내자'는 제안까지 했다는 것이다.

그렇게 되자 정말 집안 분위기가 완전히 달라졌다. 사돈과 시어머니와 며느리, 장모와 사위라는 네 사람이 얽히고 얽힌 전통적인 관계의 틀을 벗어버리자 어느새 하나로 어우러진 새로운 개념의 가족이 탄생한 느낌이었다. 이른바 밀레니엄 시대의 신 가족이라고나 할까?

신 가족의 형성을 기념이라도 하듯 우린 다음날부터 본격적인 시내 관광과 주변 지역을 돌아보는데 많은 시간을 보냈다.

애틀랜타의 유명한 코카콜라 기념관도 들러보고 마틴 루터 킹 목사 생가도 방문하고 단풍이 한창인 스모키 마운틴도 다녀왔다. 그리고 두 분 모두 태어나 처음이라는 카지노와 플로리다 올랜도의 디즈니 월드, 마이애미 해변까지 동남부 지역을 요소요소 모두 찾아 다녔다.

그렇게 여러 곳을 다니는 동안에 두 분은 마치 오랜 자매지간처럼 서로의 팔짱을 낀 채 난생처음인 미국 나들이에 흠뻑 빠져 어디서나 얼굴에 미소가 떠나지 않았다. 한국 슈퍼마켓에 가서서 김치거리를 사면서도 의좋게 의논을 하는가 하면, 생전 교회라고는 가보지 않은 친정 엄마가 시어머니와 함께 교회를 나가는 등 매일매일이 그야말로 화기애애한 분위기 그 자체였다.

두 분 모두 미국 나들이가 처음이라 모든 것이 낯설고 새로워 무척이나 좋아하시는 바람에 우리 부부 역시 그 동안 못해 드린 효도를 조금이나마 해드리는 것 같아 마음이 좋았다.

하지만 이번 두 분 미국 방문의 가장 큰 수확은 뭐니 뭐니 해도 세상에서 가장 편한 사돈 관계를 만든 것이었다. 그래서 요즘은 누가 사돈이 어려운 사이라고 불평할라치면 내가 나서서 아니라고 말한다.

"사돈이 얼마나 친하고 좋은 사인데요. 정말이라니까요."

이곳에서 두 분이 자매처럼 친해졌다고 하니 내년에는 바깥사돈끼리 오셔야겠다는 시아버지의 전화 말씀이 정말 기분 좋게 들리는 요즘이다.

(전민정)

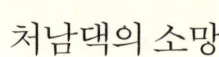

처남댁의 소망

3대 독자인 손위 처남의 병실은 영등포 한강 성심병원의 화상치료 중환자실이었다.

중환자실이기는 하지만, 이곳은 보다 특별했다. 찾아가기도 힘든 구석진 병실, 게다가 면회 시간도 아주 제한적이었다. 12시부터 30분간만 허락이 된다는데, 새로 들어온 환자 치료 때문에 12시 30분도 훨씬 지나서야 면회가 시작되었다.

병원에서 제공하는 가운과 슬리퍼를 신어야 하는 것은 물론, 손도 깨끗이 씻고 소독액까지 바르고서야 입실할 수가 있었다.

병실 앞 좁은 복도에는 면회를 온 사람들로 그야말로 인산인해였다.

절차를 제대로 알지 못하는 나에게 선험자의 입장에서 친절히 설명해 주는 사람이 있어서 그나마 그 을씨년스러운 풍경에 일말의 온기가 감돌았다.

산소 호흡기를 꽂고 온몸을 붕대로 감은 처남은 뭣한 말이긴 하지만 정말로 영화에 나오는 미라 같았다.

나를 알아보기라도 할까? 손을 잡았더니 약간의 힘이 가해져 오는 것을 보아서는, 의식이 전혀 없지는 않은 것 같기도 하다. 가슴의 밑바닥에 구멍이 뻥 뚫리고 그리로 세찬 바람이 쐬아 빠져나가는 듯한 아린 느낌이 온몸을 강타한다.

누군들 병문안을 기쁜 일, 즐거운 일로 여길까마는 나는 이러한 감정을 감내하지 못하는 성격, 참으로 처신조차 난감해진다.

보호자마저도 환자 곁에서 수발을 허락하지 않는 이 병실을, 처남댁은 매일같이 1년이 넘도록 불평 한 마디 없이 출퇴근하고 있는 것이다.

촌수마저 없으면서도 이토록 간절한 정, 그것을 지금의 젊은 세대에서도 기대할 수가 있을까?

신혼 부부 10쌍 중에 4쌍 정도가 이혼을 한다는 신문 기사를 생각하면서, 1년 정도는 살아보다가 결혼해야 이혼율이 낮아질 것이라는 TV 대담을 기억해 내는데 오늘 아침 뒷마당의 까치가 울더니 반가운 소식이 들려 왔다.

손위 처남의 상태가 많이 좋아졌다며 울먹이는 처남댁의 전화가 온 것이다.

(이거북)

무료통화가 행복한 연인

그이가 힘들게 대학을 졸업했다.

그러나 불어 닥친 경기 침체로 요즘 흔한 말로 청년실업자가 되었다. 그래서 생각다 못해 대학원 등록을 미루다가 2학기로 밀려나더니, 지금은 몇 가지 자격시험을 준비하느라 공부 중이다.

그런 그이의 마음은 참 쓸쓸했을 것이다. 졸업을 하자마자 보기 좋게 취직을 해서 가을에 즐거운 신혼부부가 되고 싶어 하던 소박한 계획이 모두 무산되어 버렸기 때문이다. 그런 그이가 내심 의기소침해 하고 기죽어 있는 걸 나는 누구보다 잘 알고 있다.

대학 시절, 성실했던 그이에게 취직은 그리 어려운 관문이 아니었다. 그 나름대로 자신감을 새기던 겨울이었는데….

하지만 안타깝게도 그이는 연거푸 대기업 공채에서 낙오자가 되었다. 좀더 큰 가슴으로, 큰 웃음으로 넘기고 설 수 있는 지혜가 절실하게 필요한 시간들이었다.

3년 동안 유치원에서 아이들을 가르쳐오던 나 역시 일을 그만두었다.

일에 조금쯤 지쳐 있던 나는 가을에 하기로 한 우리의 결혼을 위해 나만의 시간이 필요했기 때문이었다. 그러나 이유야 어찌되었건 우리는 한 쌍의 실업자가 되고 말았다.

그런 그이에게 핸드폰이 꼭 절실히 필요했던 건 아니었다. 아쉬운 대로 아직도 개인 호출기를 쓰는 사람도 있다고도 하고, 또 서로 그다지 바쁜 상황이 아니었으니까.

그러나 나는 핸드폰을 산다고 하는 그를 말리지 않았다. 그이가 견디기 힘든 실업의 시대에 자신의 무력함을 견뎌낼 수 있는 힘은 '우리가 서로 사랑하고 있음을 확인' 하는 것에서 비롯되는 믿음이라는 걸 알고 있기 때문이었다.

그이는 내게 핸드폰을 구입한 곳에서 1주일간의 무료통화 시간을 주었다고 했다. 그래서 우리는 너무 열심히 그 시간을 이용하였다. 그가 새벽에 일어나서, 도서관에 가면서, 차안에서, 쉬는 시간 커피 향을 실어 시간시간 핸드폰을 통해 그의 목소리가 날 찾아왔다.

그이는 요즘 아주 행복해한다.

'무료통화' 라는 그 막연한 즐거움도 있겠지만, 요즘 우리의 이 행복한 통화는 막막한 현실을 헤쳐 나가는 참으로 귀한 희망이기 때문이다.

잠들기 전 나는 다시 그이의 전화를 기다린다. 그러면서 올 가을엔 그이와 내가 바라는 소망이 꼭 이루어지길 두 손 모아 기도한다.

(이경수)

나랑 닮은 언니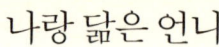

내게는 나보다 여섯 살 많은, 쌍둥이로 소문날 정도로 나랑 꼭 닮은 언니가 있다. 이 언니하고는 닮아도 너무 닮아서 재미난 일들이 많이 생겼다.

동네 슈퍼 주인이 바뀌었을 때다. 언니가 금방 라면을 사들고 간 걸 모르고 내가 집에 들어가는 길에 슈퍼 아주머니에게 라면을 달라고 하였다.

"금방 사 가고선 왜 또 사 가요?"

주인은 의아해 하는 표정으로 묻는다.

"제가요? 전 이제 집으로 오는 길인데요?"

상황을 알아차린 나는 좀 전의 그 사람은 언니라고 말했다.

이 사건은 여기서 끝나지 않고 2부로 연결된다.

어느 날 슈퍼에 다녀오신 엄마가 웃으시며 하시는 말씀이다.

"남옥아, 미현아. 슈퍼 아줌마가 날더러 쌍둥이 엄마란다."

언니와 나는 얼굴도 얼굴이지만 키와 뒷모습, 목소리마저 비슷하다.

그래서 집안 식구들도 같이 있으면 우리를 분간하지 못하는 일이 종종 벌어진다. 또 전화가 오면 사람들은 항상 헷갈린다.

장난기 많은 우리 언니가 나로 가장해서 장난을 치면 나의 가장 절친한 친구들마저도 속아 넘어가곤 한다. 이에 뒤질세라 나도 언니 흉내를 내서 복수를 강행하기도 한다.

지금 언니는 결혼해서 7개월 된 아들을 두었다.

얼마 전 일이다. 언니랑 형부가 우리 집에 조카를 맡기고 외출했다. 자고 일어나 엄마랑 아빠가 없어진 것을 알아챈 우리 조카 준연이는 큰소리로 울기 시작했다. 준연이의 울음소리가 점점 커져 갔다.

울음을 그치게 할 방도가 없는 것 같아 혹시나 하며 내가 다가가서 준연이의 엄마, 즉 언니의 흉내를 내기 시작했다. 그랬더니 귀여운 내 조카는 울음을 멈췄다. 아무것도 모르는 애가 엄마랑 닮은 이모에게 깜박 속은 것이다.

이 일 때문에 생긴 우리 집 신 유행어가 있다.

"준연아, 유사품에 주의해라."

나는 누구누구와 닮았다는 말을 가장 싫어한다. 하지만 언니와 닮았다는 말은 왠지 듣기 좋다. 언니와 닮았다는 말을 들을 때면 괜히 뿌듯하고 자랑스럽기도 하다.

'나랑 닮은 언니야, 사랑해!'

(정미현)

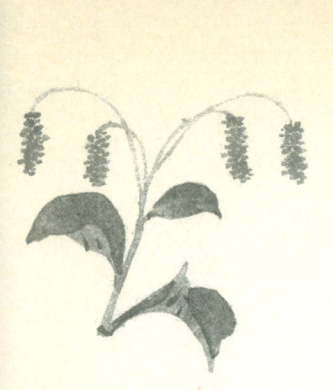

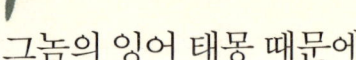

그놈의 잉어 태몽 때문에

"뭐, 딸이라고?"

분만실 밖에 있던 남편과 시어머니의 놀라는 목소리가 분만실 안에까지 들렸다. 당연히 아들을 낳았어야 했는데 딸을 낳았으니 그럴 만도 했다.

남편이 꾸었다는 잉어 태몽 때문이었다. 그래서 우리 부부는 열 달 동안 아들 이름만 짓고, 출산용품을 준비할 때도 이불이며 포대기, 옷가지며 심지어는 파우더 통까지 모두 파란색으로만 구입해 놓았었다. 그런데, 딸이라니….

아이를 낳고 노랗던 분만실 천장이 제대로 보이기 시작할 무렵, 간호사들의 말소리가 들려왔다.

"와, 크다 커!"

"아가야, 너는 나중에 예쁜 옷은 입기 힘들겠다."

"아줌마, 큰일 하셨네요. 아주 건강한 딸입니다."

간호사들의 장난기 섞인 말투가 왜 그렇게 서운하든지….

아들 데리고 낚시 가고 싶다던 남편과 남아용품으로만 아이 물건을 챙겨온 나까지 우리들은 모두 김칫국을 마신 덕분에 예쁜 딸아이의 출생이 축복에 앞서 당황스러움으로 다가왔다.

당황하고 놀라다보니 남편에게

"꿈속에서 잉어를 잡아야 아들이라는데, 잉어를 잡기는 잡았던 거야?"

하며 괜한 투정도 해보았다.

남편은

"그것도 내가 꾼 거잖아. 자기는 잉어는커녕 송사리 꿈도 못 꾸었으면서 괜히 그런다? 명한아, 아빠가 잉어 꿈꾸어서 우리 명한이가 태어났으니까, 명한이는 아빠 딸하고 엄마 딸은 하지 말자, 알았지?"

한다.

그 딸이 이제 5개월이다. 무척 건강한 몸으로 태어난 딸아이는 동갑부부인 우리들을 한층 어른스럽게 만들어주었다. 어찌나 조그만 입이며 조물거리는 손가락이 예쁘던지….

그런데 남편과 나에겐 벌써부터 걱정이 생겼다.

'이렇게 예쁜 우리 딸이 나중에 마음에 들지 않는 남자한테 시집가겠다고 하면 어쩌지?'

(김선미)

아랫동서에게

동서야, 비가 내리시려나 봐. 잔뜩 흐려진 아침이네.

간밤엔 쌍둥이들이 힘들게 하진 않았는지, 매일 보는 얼굴이 늘 힘들어 보여서 안쓰럽기만 해.

우리 함께 지낸 지 3년 하고도 7개월이다. 동서가 서방님과 결혼한 게 어제 일처럼 느껴지는데 말야. 뱃속의 아이가 쌍둥이라는 소식에, 입이 귀에 걸려 들어오던 서방님 모습이 기억나.

그날 밤, 우리 부부는 새벽녘까지 잠을 이루지 못했었지. 8살 난 큰딸 진주, 네 돌이 안 된 둘째딸 민주, 청소기 돌릴 때면 청소기를 목마처럼 타고 다니는 두 돌 된 태영이.

이렇게 세 아이 키우며 하루가 어떻게 가는 줄 모르는 우리 부부에게 그 소식은 남달랐었어. 도돌이표를 찍는 심정이었지. 새벽 3시가 되는 걸 보고서야, 우리 부부는 마주 보고 웃다가 잠들었었지.

그 녀석들이 벌써 백일이라니⋯. 백설공주처럼 예쁜 선영이, 서방님을 꼭 닮은 주영이⋯. 네 개의 눈동자를 들여다 볼 때면, 동서 말처럼 오지기만 하더군.

동서야, 정말로 수고했어.

'큰엄마' 라고 부를 놈이 셋이 되어버린 거야.

가끔, 나이가 들었구나 싶을 때가 있어. 나를 부르는 호칭들이 많아지면서부터지. 결혼 전엔 그저 누구네 집 맏딸이었잖아. 근데 지금은 큰엄마, 큰외숙모, 큰고모, 큰며느리⋯. 호칭이 늘 때마다 책임감도 느끼는 기분이야.

그 동안 우리 많이 가까워졌어, 그렇지?

내 개인적으로 처음 1년이 동서와 지내기에 가장 힘든 시기였던 거 같아. 마주보는 현관문을 늘상 꼭 닫아 놓고, 이렇다 저렇다 말도 없는 동서였으니까. 그렇다고 나 또한 살갑게 구는 성격도 아니고⋯.

내가 돌이 안 된 태영이와 16개월 위인 민주를 키울 때였지. 둘이 함께 울어대도 문 한 번 열어보지 않는 동서에게 야속하기만 했었어.

동서도 이 무렵이 힘들지 않았나 싶어. 연애 기간도 짧은 데다가, 낯선 시댁 사람에게 빙 둘러 싸여 있었으니 말야. 어린 시조카가 셋이나 있고, 형님이라는 여자는 그저 냉랭해 보이기만 했을 거고.

우린 둘 다 다른 사람과 쉽게 친해지지 못하는 성격이라고 생각했었어.

그래서 사귀는 데 시간이 필요하다고. 내가 시누이와 오랜 시간이 걸렸었던 것처럼, 나와 동서 사이도 그럴 거라 생각했었지.

서방님은 늘상 아이를 셋까지는 안 낳을 거라고 장담했었어. 우리 부부가 세 아이 키우는 걸 보면서 말이야. 누가 알았겠어? 둘째 셋째가 쌍둥이로 함께 태어날 줄이야.

내 생각은 그래. 아이가 하나일 땐 내 아이만 보는 이기심만 생기더라. 아이가 둘이 되니까 그저 힘들다는 생각뿐이었고.

근데, 셋을 낳고 보니까, 세상이 달라 보이는 거야. 아이가 정말 사랑스럽더라고. 우는 아이 들여다보며 예뻐 죽겠다고 하면, 친정어머닌 싫어하셨어. 또 아이 들어선다고 말야. 주책없이 아이만 낳을 거냐고 넌더리를 치셨어. 요즘 같은 세상에 세 아이를 낳은 우리는, 과연 미련하고 주책없는 걸까?

서로가 서로를 알지 못하는 사이 오해는 깊어지겠지. 서로를 아는 과정 또한 상처를 주고받기도 하고 말야. 그러다 그 시기가 지나고 나서는, 서로의 낯빛으로도 충분해지는 때가 오는 가봐. 지금 우리처럼 말이지.

나 앞서가는 거 아니지?

"남편 없이는 살아도, 시아버님 없이는 못 살아."

이 말에 동감할 수 있는 건 동서와 나뿐일 거야. 갓난아길 손수 데리고 주무시는 시아버님이 과연 몇이나 될까? 물 좋은 생선 있으면 사 오셔서 손수 손질해주시는 분, 그런 분은 아마 우리 시아버님밖에는 없을 거야.

우리는 각자 혼인을 하면서 맺어진 가족일 뿐이지. 남보다 안 좋은 사이로 남을 수도 있었어. 그렇지만 우리 잘 견뎌낸 거 같지? 가끔은 친자매로, 때때론 이웃집 아줌마로, 혹은 친구로, 또 친한 동서지간으로…. 함께 살 부비며 한 솥 밥 먹는 게 중요하지 싶어.

내가 민주 다음, 또 다시 태영일 임신했을 때였어. 입덧하느라 특히 먹고 싶은 게 있었지.

그러면, 그날은 꼭 서방님이 사들고 오셨어. 아무 연락도 안 했는데 말이야. 남편은 그런 적이 없었어. 호두파이 먹고 싶으니까 꼭 사오라고 했더니, 술만 잔뜩 푸고 온 거 있지?

동서가 쌍둥이 임신했을 때 그랬어.

"오늘 뭐 먹고 싶은데 하면, 어떻게 알았는지, 아주버님이 사오시는 거예요."

세월이 흐른 후, 우리가 호호 할머니가 되면 말이야. 마음 속 깊이 묻어둔 주머니 안에서 추억의 사탕들을 꺼내겠지.

비닐을 벗기면 어떤 건 달고, 어떤 건 쓰고, 어떤 건 껍질조차 벗기지 못해 울먹일 거야. 아린 가슴을 주체할 수 없어서 주름진 손끝은 떨리기만 할 거고. 그러다 말없이 마주보며 뱅그레해질 우리 두 사람.

커 가는 우리 여섯 아이의 사랑스런 모습을 보면서, 우리 둘은 행복하게 늙어갈 거야. 늙는 것을 얘기해 징그럽다고 하겠다.

어젯밤엔, 세 아이 어렸을 때 찍은 비디오를 보느라 새벽까지 잠을 못

잤어. 세 아이의 모습을 보며 행복해서 웃다가, 태영이 막 낳고 두 돌도 안 된 민주가 우는 모습엔 나도 울었어. 민주의 그 모습은, 내 기억 속에 너무나 짧게 기억되거든.

고모 시집가고, 일곱 식구 사는 집안일에, 너무나 정신없던 시간이었어. 그저 힘들다는 이유로 신경 줄이 팽팽하기만 했었지. 매일 늦는 남편에겐 원망만 쌓였었고, 울음으로만 모든 의사소통을 하려는 민주가 나를 무척 애먹였었어.

정말로 되돌아갈 수만 있다면, 그때로 다시 가고 싶다. 그래서 막무가내로 울기만 하는 민주를 품에 꼭 안고서 몇 시간이고 그대로 있을 거야. 내 심장소리로 민주의 성난 가슴을 달래주는 거지. 비디오 속에만 있는 추억이 아니라 내 머릿속, 마음속에 있는 기억들로 붙들고 싶어.

우리 여섯 아이에 20개월 된 시누이 딸까지 내가 보게 되면서, 요즘 더 정신없어졌어. 그렇지?

우리 힘들어도 웃으며 잘 지내자. 동서는 나처럼 이 시간들이 안타까운 후회로 남지 않길 빌어. 동서는 슬기롭게 잘 보낼 거야.

나의 예쁜 동서, 기운 내어 활짝 웃어봐. 동서는 웃는 모습이 정말 예뻐.

비가 안 왔으면 좋겠는데. 밝은 햇살로 하루가 충만해지게 말이야.

(박은경)

아버지의 기침소리

먼 곳에서 지하철 지나가는 소리가 들린다. 어린 시절 대청마루에 누워서 듣던 밤기차 소리와 흡사하다. 여름날 무논에 가득한 개구리의 울음소리 같기도 하고, 어떻게 들으면 푸근한 겨울밤, 눈이 녹은 길을 여럿이서 걸어갈 때 나던 소리 같기도 하다.

똑같은 소리도 계절이나 시간에 따라 달리 들리는 것은 받아들이는 마음이 다르기 때문일까. 그 중에도 겨울, 특히 밤에 들리는 소리들은 고향에서 경험했던 지난날의 각별한 풍경을 담아낸다.

고향집이 있던 곳은 한적한 산비탈 아래다. 뒤꼍에 대숲이 있어서 청정한 바람이 사철 드나들었다. 마당가에는 땅의 보조개처럼 빛나던 샘물을 두고, 그 위로 귀여운 열매를 손주녀석처럼 키워 가던 늙은 감나무가 한 그루 지켰다.

하늘이 높아만 가는 계절, 작은 바람에도 홍시를 떨어뜨리던 감나무 아래는 곱게 물든 나뭇잎이 수북이 쌓였다. 코끝이 싸한 기운이 감돌면 사람들은 가을걷이를 끝내고 겨울 갈무리에 들어간다.

지레김치가 슴슴히 익어가고 미리 담아 둔 동치미 국물이 맛들기 시작하는 음력 시월상달에 길한 날을 잡아 동제를 지냈다. 일종의 추수 감사제이다. 대개는 이 때 여느 집에서도 시루떡을 찐다.

그런 날 저녁 아이들은 유난히 즐거웠다. 당산(堂山)에 시루가 올라간 후 이웃간에 가을 고사떡을 돌리는데, 그 일이 아이들 몫이었다. 두세 명씩 짝을 지어 다니며 "떡 가져 왔어요."

하고 외치는 소리가 대문간을 흔들었다.

들어 온 떡이 채반으로 가득하다는 말이 있듯이 이 집 저 집에서 떡을 나누고, 사람들은 곳간에 쌓인 나락만큼이나 인정이 도타웠다. 겨울이 오는 길목에서도 사람살이가 훈훈하고 맛이 났다.

반가운 손님처럼 첫눈이 내리면 겨울은 저 혼자 깊어간다. 사람들은 안으로 들어 앉기를 좋아하고 생각 또한 안으로 가라앉는다. 조용히 내면의 세계를 응시하며 자신을 돌아보게 되는 것이다.

겨울밤에는 귀가 더욱 예민해지는 모양이다. 얼어붙은 땅 위로 무엇인가 바람에 날리는 소리, 벽에 걸린 시계의 초침이 돌아가는 소리, 창틈으로 스미는 밤공기의 미세한 떨림 등이 예사롭지 않게 들린다.

가만히 귀를 기울여 보면 지구가 자전할 때 난다는 소리가 들리는 듯하다. 지구가 회전을 할 때는 굉음을 내지만 진공 상태이기 때문에 소리가 전달되지 않는다고 한다. 그렇게 큰 소리도 진공 상태에서는 전달되지 않듯이, 아무리 좋은 소리도 마음의 귀를 열어 놓지 않으면 들을 수 없다. 과연 나는 제대로 된소리를 내고 있는지, 또 들어야 할 소리를 제대로 귀담아 들을 줄 아는지 생각해 본다.

어렸을 때는 방안에서 소리만 듣고도 밖에서 일어나는 온갖 일들을 볼 수 있다고 믿었다. 투덕투덕 가까워지다가 멀어지는 발자국 소리, 사랑방에 모여 내기 장기를 두던 어른들이 왁자하니 흩어지는 소리, 인기척에 놀라 동네 개들이 일제히 짖어대는 소리, 고부간이나 혹은 모녀간에 손을 맞추어 내던 청아한 다듬이 소리.

그 때쯤이면 지나가는 찹쌀떡 장수의

"찹쌀떡이나 메밀 무욱."

하고 길게 외치는 소리가 어린 속눈썹 끝에 매달린 잠을 씻어 갔다. 끈질기게 조르는 성화에 못이긴 어머니가 뒤늦게 방문을 열고 나가지만, 찹쌀떡 장수는 이미 지나가 버린 뒤여서 구성진 소리만 멀리서 들리곤 했다.

밤이 더 깊어지면 사방은 정적에 잠긴다. 가끔씩 바람에 날리는 눈발이 창호지문을 두드릴 뿐, 옆 사람의 숨소리까지 헤아릴 수 있을 만큼 고요하다. 밤늦도록 촉수 낮은 전등불 아래서 언니는 친구와 함께 수를 놓았다. 그 옆에서 가물가물 졸던 나는, 길섶으로 난 들창 쪽에서 난데없이 들리는 뻐꾸기 소리나 휘파람 소리에 귀를 쫑긋하곤 하였다. 언니들은 웃음을 깨물며 숨을 죽였고, 안방에선 어김없이

"어흠! 흠"

하는 아버지의 기침소리가 들려왔다.

아버지의 기침소리는 동네에서도 유명했다. 아버지는 인기척을 내야

할 때면 꼭 헛기침을 했는데, 그 소리가 강하면서 독특했다. 평소에 식구들은 기침 소리의 길고 짧음이나 높낮이에 따라 아버지의 심기를 헤아리곤 하였다. 사리가 분명하고 그른 일에 엄해서 내남없이 아버지를 어려워했다. 동네 젊은이 중에는 아버지의 기침 소리가 들리면 오던 길을 돌아서 가는 이도 있을 정도였다.

아버지는 겉으로는 엄하게 보였지만 안으로는 따뜻하고 잔정이 많았다. 직장에 다닐 때, 겨울에는 해가 짧아서 퇴근길이 늘 저물었다. 금방 땅거미가 진 길은 한치 앞도 보이지 않을 만큼 캄캄했다. 인가에서 떨어진 길을 혼자 걷노라면 어렸을 때 들었던 무서운 이야기도 생각나고, 제 발소리에 놀라 가슴이 철렁해지기도 한다.

그 때 아버지의 "나다."

하시던 한마디가 얼마나 나를 마음 놓이게 했던지. 돌아오는 길에 아버지는 조끼 주머니에서 삶은 밤이나 땅콩을 꺼내 주시곤 하였다.

아버지와 함께 걸으면 별다른 이야기가 없어도 마음이 무척 편안했다. 아버지와 나 사이에 공유되던 그 무엇이 있기 때문이다. 아마도 그것은 겨울밤처럼 묵직한 서로에 대한 믿음이 아니었을까.

해마다 겨울이 다시 오고 다양한 삶의 모습이 펼쳐지지만 지나간 날은 다시 오지 않는다. 가슴이 따뜻한 사람처럼 많은 것을 포용하는 겨울밤에는 오래 전 돌아가신 아버지의 기침소리가 유난히 그립다.

(임은수)

단골손님들

형은 공무원 생활을 그만두고 과일 장사를 시작했다.

처음엔 경험도 쌓고 자본금도 마련할 겸 길거리에서 시작했다.

훗날 큰 가게를 기약하면서, 나는 입대를 앞두고 휴학 중이라 나도 형의 일을 돕기로 했다. 과일 장사가 뭐 그리 힘든 일이냐고 생각하면서.

하지만 먼지가 날리고 자동차 매연이 휘날리는 서울 한복판 거리에서 매서운 눈보라와 추위에 맞서 장사를 한다는 건 그리 쉬운 일이 아니었다. 어떤 날은 발만 동동 굴리다가 간 날도 있고, 추위에 볼이 빨갛게 얼음이 든 적도 있다. 정말이지 몇 번이나 그만두고 싶은 적이 있었다.

그런데도 끝까지 할 수 있게 용기를 준 건 형에 대한 나의 사랑과 단골손님의 아낌없는 격려와 관심 덕분이었다.

이젠 장사를 하면서 마음속에 새기는 말이 있다.

'물건을 팔기 보다는 기쁨과 믿음을 팔자.'

그래서인지 지금은 단골손님도 많아 장사도 점점 나아지고 있다. 처음 시작 했을 때는 길거리에서 과일을 판다는 게 너무도 창피하고 수줍어서 무슨 말을 해야 되는지 많이 망설였고 붙임성도 없었다. 하지만 모든 것은 시간이 해결해 주었다.

어느 날 몹시 차가운 날씨였다.

발을 동동 구르고 서 있는데 단골손님이 오셔서

"추운데 얼른 들어가야지."

하시며 과일을 많이 사 주셨다. 또 막나온 듯한 김이 나는 호빵을 한개 꺼내시며

"따뜻할 때 먹어요. 빨리 팔고 들어가요."

하고는 웃으시며 가셨다.

단골손님의 뒷모습을 보면서 순간 너무 고맙고 행복해서 눈물이 날 것만 같았다.

"감사합니다. '

라는 말을 저만치 걸어가시는 단골손님에게 큰 소리로 외치고는 이런 생각을 해보았다.

'아직도 세상은 참 따뜻하고 인정이 넘치는구나.'

매일 퇴근길에 열심히 산다며 과일을 사 가시는 샐러리맨 아저씨, 우리 아들 나이도 안 되는데도 성실하게 산다며 격려해 주시는 어머니 같은 아주머니, 이밖에도 요구르트를 주고 추운데 고생한다며 핫도그를 사 주신 우리의 어머니들. 모두가 감사드리고 행복이 넘치길 기원 드린다.

아직도 세상이 살아 볼 가치가 있는 건 바로 이런 분들이 있기에 의미가 있는 건 아닐까?

지금 주저하는 젊은이가 있다면 당당하게 도전하는 젊은이가 되길 바라고 노력하면 성공할 수 있다는 걸 잊지 말았으면 좋겠다.

스무 살이 갓 지난 내가 세상은 이렇다 저렇다 하는 것이 우습지만 한 가지는 당당하게 말할 수 있다.

세상 속에 부딪쳐 정직하게 성실히 살면 세상은 살아 볼 가치가 있다고.

남들이 하니까 쉬우리라 생각했던 내 모습이 부끄럽고 용기를 잃지 않도록 끊임없이 용기와 사랑을 주신 부모님께 감사드린다.

(전영종)

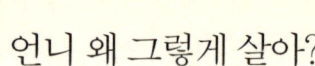

언니 왜 그렇게 살아?

이제 막 40줄에 들어선 우리 언니는 안타깝게도 사시이다.

어린 시절에

"니 언니는 벼엉신."

이란 소리가 듣기 싫어 행여나 학교 친구들이 집으로 놀러오면

"언니는 친구도 없나? 친구 집에서 좀 놀다 온나."

하면서 친구들이 볼세라 집밖으로 언니를 내 몰기도 했다.

닷새 장을 떠돌아다니며 행상일로 집을 비우시는 부모님을 대신해 고만고만한 어린 동생을 거두어 먹이느라 정작 자신은 굶기를 밥 먹다시피 한 언니에게, 나는 수제비가 먹기 싫다며 밥을 달라고 그릇을 엎어 버린 적도 있었다.

또래 옆집 언니들이 하얀 교복 칼라를 나풀거리며 학교를 오갈 때, 언니는 무릎이 삐죽 나온 추리닝 차림으로 코흘리개 동생을 업고 밀린 집안일을 하느라 정신이 없었다. 울다 지친 동생의 콧물과 눈물, 막내둥이가 흘린 밥알이 언니의 옷에 붙은 액세서리였다.

어릴 때는 그런 언니가 정말 싫었다.

그러나 내가 초등학교 3학년 때, 언니의 일기장을 몰래 훔쳐본 이후로 나에게 언니는 부모님과 같은 존재라는 사실을 알게 되었다. 1월 25일, 내 생일날 아침, 보리밥의 양이 많아진 것 외엔 별다른 차이가 없었던 생일이었기에 별반 기대도 하지 않았는데, 앉은뱅이 밥상 위엔 그림 같은 풍경이 펼쳐지고 있었다. 겨우 1년에 몇 번 명절 때나 맛보았던 뽀얀 쌀밥에 지글지글 돼지고기까지!

"엄마도 안 오셨는데, 돈이 어데서 났노?"

나는 퉁명스럽게 언니에게 말한 뒤 대답을 들을 틈도 없이 허겁지겁 쌀밥과 돼지고기를 퍼넣기에 바빴다.

숟가락 4개가 쉴 새 없이 왔다갔다 하는 사이 냄비는 밑바닥을 보였다. 우린 이곳저곳에 묻어 있는 양념까지도 달그락거리며 긁어먹었다.

다 긁어 먹고 나서야

"아 참, 언니는 고기 한 점 못 먹었제?"

했더니

"나는 괜찮데이. 너그 묵는 것만 봐도 배부르다."

하면서 커다란 양동이에 누룽지를 퍼담아 가지고 앉아서 동치미를 어석어석 깨물어 먹는다.

동생의 생일상을 차려주기 위해 자신의 피를 빼서 팔았다는 언니의 일기를 보는 순간, 어린 마음에도 가슴이 메어왔다. 그동안 언니를 미워했던 마음은 봄 눈 녹듯 사라지고 언니가 불쌍하다는 마음이 들었다.

돈벌이에 바빠 한 달이면 다섯 손가락을 꼽을 정도밖에 부모님을 볼 수 없었다. 하지만 언니의 보살핌 속에 우리 4남매는 밝고 건강하게 자랄 수 있었다.

나와 나이 차이가 제법 나는 언니는 내가 여고를 졸업하기도 전에 면사 포를 썼다. 우린 언니의 행복을 기원하며 모두가 축하하며 언니를 배웅 했지만 결혼생활은 그리 순탄하지 않았다. 평소엔 그리도 다정다감하던 형부가 술만 마시면 딴사람이 되어 언니를 괴롭히기 일쑤였기 때문이 다.

"그래도 언니는 생활력이 강하니까 어떤 난관도 잘 헤쳐갈 수 있을 거 야."

라고 생각했지만 그것은 나의 착각이었다.

어느 날 문득 보고 싶어서 언니를 찾아갔더니, 언니는 돈 한 푼 벌어오 지 않는 형부 대신 일자리를 찾아 나섰다가 하혈을 했다며 누워 있었다.

병원에 갔었는데 임신 초기라며 절대 안정을 해야 된다기에 난방도 제 대로 되지 않는 방에서 오돌오돌 떨고 있었던 것이다.

나는 그만 너무 기가 막혀

"언니야 집에 가자. 이기 무신 사람 사는 기가? 집에 가면 춥고 배고픈 것은 없잖아!"

그러나 내 울부짖음도 소용이 없었다.

추한 딸의 모습으로 부모님께 걱정을 끼쳐 드릴 수 없다는 게 이유였다. 나는 강철 같은 언니의 고집을 뒤로 하고 단칸방을 나서야만 했다.

그 다음 날 나는 입사한지 3개월도 채 안되어 '가불' 이란 것을 했다.

나는 퇴근 즉시 석유한 말과 쌀 봉지를 들고 다시 언니 집으로 갔으나 형부는 없었다.

"언니야! 마침 뽀나스가 쪼매 안 나왔나? 이걸로 저녁에 돼지고기라도 해 묵어라. 내는 양념을 할 줄 모른다 안카나."

그리고는 남은 돈을 요 밑으로 밀어 넣었다.

"괜찮데이. 내가 우예 이 돈을 받을꼬. 내가 뭔데."

하고 말한 언니는 나약한 모습으로 동생 앞에서 꺼이꺼이 울기 시작했다.

무심한 세월은 빠르게 흘러 언니는 이제 자식을 셋이나 둔 중년 아줌마가 되어 있고 아직도 단칸방을 벗어나지 못하고 있다.

언니는 무슨 희망으로 살아? 이런 질문을 던지면 그때마다 언니의 유일한 희망은 '가족' 이라고 대답했다.

형부도 나이를 먹었다. 아이들도 자라고 있다.

형부는 이제 마음을 다잡고 도배 일에 열심이다. 산후조리 후유증으로 쇠약해진 언니 대신, 이젠 조카들이 새벽 찬공기 마시며 우유배달과 신문배달 일로 험난한 세상과 맞서는 법을 알아가고 있다. 그런 모습을 볼 때마다 언니에게도 햇살이 따스한 봄날이 꼭 오리라고 확신한다.

(성지연)

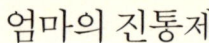

엄마의 진통제

아버지는 7남매 중 맏이였다.

아버지는 철이 들면서 장사를 배우셨고, 엄마나이 갓 스물에 언니의 소개로 연애를 하셨다.

꿈을 꾸듯 농촌으로 시집 온 엄마는 벼가 어떻게 생겼는지도 모르는 상태였다고 한다. 하지만 밥 굶는 게 예사였던 그 시절에 엄마는 삶의 고단함을 행복이라고 믿었단다.

그 옛날 아낙들은 하나같이 인내하는 것에는 올림픽 금메달리스트 저리 가라 할 정도로 선수들이 아니었던가?

그런데, 그 시절 우리네 할머니들은 왜 그렇게도 며느리들을 구박해야만 했었는지 알다가도 모르겠다.

어머니가 시집 온 이후로 시름시름 앓던 시누이와 시동생이 죽어 나갔는데, 할머니의 원망이 어느새 엄마의 몫이 되었다.

"집안에 사람이 잘못 들어온 겨. 세상천지 아프다고 다 죽는 법은 없는 겨. 첩년의 딸년이 재수 없는 며느리로 들어와 지지리 일도 못하고, 끝내는 일냈구먼! 아이구 내 팔자야!"

　엄마는 그렇게 할머니의 설움까지도 받아내며 사셨다.

　박복한 어머니에게는, 외할머니가 재혼하시는 바람에 친정이라고 가
봐야 의지할 곳도 없었다. 그저 밥만 배불리 먹으면 세상 부러울 게 없는
것이라고 배우며 자랐기에 그저 사는 게 다 그러려니 하며 사셨다.

　하지만 그런 속에서도 엄마는 몰래 꿈을 꾸고 계셨다.

　'내가 만약 딸을 낳으면 입에 칼을 물고 죽는 한이 있어도 절대로 장남
한테는 시집 안 보내겠다.'

　첫 째가 태어났다. 아들이었다. 대를 이은 것이었다.

　하지만 시집살이는 여전했다.

　새벽 4시. 첫 기차의 기적소리가 울리는 시간이었다. 아궁이 재를 퍼 담
아내고 장작을 지펴 밥을 지었다. 그렇게 일하다 보면 어느 집 첫닭의 울
음소리가 들려왔고, 그 고즈넉한 소리를 들으며 공연스레 매캐한 장작
연기 핑계 삼아 우시기도 했다.

　둘째를 낳았다. 딸이었다.

　가슴이 철렁 내려앉았다고 한다.

　"설마 지어미 사는 꼴을 보고도 장남에게 시집을 가겠다고 할까? 간다
고 해봐라. 죽어도 내가 안보내면 그만이지."

　엄마는 딸이 커서 장남에게 시집을 가겠다고 하면 같이 죽을 결심을 하
셨다.

　그러나 이번엔 아버지의 사업 실패로 막다른 골목 같은 고난의 문이 엄

마에게 열렸다.

　돈을 벌어야 했다. 살기 위해서, 자식 셋을 키워내려면 무엇보다 돈이 있어야 했다. 엄마는 무엇이든 했다. 횟집 주방, 생선장사, 목욕탕 때밀이, 공장 일….

　그렇게 해서 모은 돈으로 식당을 차렸다. 아주 조금의 여유가 생기자 엄마는 삶의 피곤 때문에, 서럽게 살아온 지닌 날이 원망스러워지면, 아무 말 없이 주방에서 소주 한 병을 앞에 놓고 서럽게 우셨다.

　우리들은 엄마의 그 눈물이 세상에서 제일 무서웠다.

　어지간해서는 모든 걸 잘 참아내시는 엄마였다. 그러므로 그렇게 마시는 소주 한 병은 엄마에게는 인생의 진통제니 다름없었다.

　세월이 흘러 자식들은 모두 반듯하게 잘 자라 주었다.

　그리고 딸이 시집간다고 했다. 엄마는 물었다.

　"장남은 아니냐?"

　"장남이야."

　"절대 안돼!"

　짧지만 강하셨다. 그러나 딸은 막무가내였다.

　엄마는 다시 소주를 마시고 우셨다.

　시집가던 날, 딸은 참 예뻤다. 그러나 시집간 딸은 가난했다. 그렇게 몇 년이 지나고 딸이 전화를 했다.

　"엄마 나 어떻게 살아."

(김지애)

■ **글 쓴 분들 명단입니다.** 이 분들 중에 몇 분은 연락이 닿지 않았습니다. 책을 보시고 "행복" 잡지 복간 준비위(e메일 주소 : mhiny6437@empal.com)로 연락주시면 글이 수록되어 있는 책을 5권씩 보내드리겠습니다.

▶아름다운 아버지 마음(김선아/서대문구 남가좌동) ▶아버지와 복권(함은선/강원대 전자계산학과) ▶반 원싸리 나섯 장(이난희/노원구 상계8동) ▶자장면(김수희/경북 구미시 원평동) ▶숨겨둔 남편 통장(박정아/경북 문경시 산북면) ▶아들아, 조금만 참아다오(이관우/동작구 사당동) ▶거짓말 하면 손이 썩는 계(문지옥/경남 합천군 용주면) ▶세상에서 가장 귀한 선물(김종우/경남 창원 소답동) ▶다섯 마리 돼지 모시기(안윤숙/평택 안중면 안중리) ▶말라버린 엄마 젖(최찬희/수필가) ▶아가야, 봄이 왔단다(박경미/군포시 금정동) ▶하늘이 무너져도(박영미/구미시 송정동) ▶가난 속에서 깊어진 사랑(임지남/대전 대덕구 비래동) ▶우짜노, 내 부모인 걸(김미숙/대구 수성구 황금동) ▶마음의 눈으로 보렵니다(김지혜/경남 창원시) ▶어린 산타 할아버지(조전순/동작구 상도5동) ▶그해 여름(박준/부천 원미구 상동) ▶토종닭에서 나온 보물(류명달/수필가) ▶며느리가 못 다한 말(구자숙/수필가) ▶재일이의 일기 검사(김희경/분당 봉림중 교사) ▶있잖아, 사실은 힘들어(양희진/대구 달서구 신당동) ▶초보 풀빵 장사(황성옥/철원시 이평동) ▶할머니의 눈물(강윤경/대구 수성구) ▶민지야, 미안해(박정하/부산 동구 범일동) ▶작은 언니의 졸업식(이은주/경남 밀양시 태룡동) ▶가장 멋진 자가용(허호녕/경주시 성건동) ▶진정한 사랑(이정옥/대전 서구 내동) ▶오월이 오면(강희란/부산 북구 구포3동) ▶노오란 생고무신(이희숙/대전 북구 태전동) ▶가계부 들고 시집왔어요(이분란/대구 달성군 가창면 대일2리) ▶만 원 한 장의 행복(홍기남/대전 동구 판암동) ▶시어머니의 지갑(황외돌/창원시 소답동) ▶부자가 되면 뭐해(전기현/전주시 경원동)▶아버지 사랑(최지선/충북 청원군 북일면 학평리) ▶장롱 속의 비밀(김옥순/강원 양구군 양구읍) ▶아들딸과의 약속(황복희/대

전 동구 가양동) ▶부부에게 가장 소중한 것(권덕희/울산 동구 전하1동) ▶연두색 한복(김정희/천안시 성환읍 수향리)

▶어머니의 결혼반지(김정수/인천 옹진군 백령면 북포리) ▶선생님, 금메달 땄어요(조순자/경북 김천시 조마면) ▶사촌바위 언덕에서(나준서/동작구 상도5동) ▶석유 할아버지(허정일/강서구 화곡6동) ▶밀가루 과자(임지영/대구 달서구 송현1동) ▶오일 시장 오빠(고인숙/제주시 삼도1동) ▶아버지의 지정석(안현주/노원구 상계8동) ▶아들을 떠나보내고(허봉화/도봉구 도봉2동) ▶사랑이라는 약, 희망이라는 약(김선주/진주시 상봉서동) ▶겨우 3시간의 만남(양창권/부산 해운대구 반송1동) ▶꼬마 소녀 가장(이라노/강원대 화학과) ▶형이라고 불러주겠니?(한정호/전남 장성군 장성읍) ▶그럼, 올케는 시집 잘 왔지(최인숙/군포시 산본동) ▶대한민국은 살 만한 나라(이웅재/동원대 출판미디어학과교수) ▶엄마가 젤 이뻐(김인호/인천 계양구 용정동) ▶머슴 선생님(현미자/전남 여수시 둔덕동) ▶내 인생의 1인치를 찾다(김수관/서대문구 홍은동) ▶엄마가 뀌었잖아요(서경숙/경북 성주군 대가면 흥산동) ▶탁월한 선택(홍혜연/인천 부평구 산곡동) ▶아버지의 전화(최인숙/군포시 산본동) ▶친정어머니와 아기 원피스(이수정/분당 서당동) ▶엄마와 카네이션(최영애/양천구 신정동) ▶시아버님의 헌 구두(이은경/경남 거창시 거창읍) ▶사랑하는 내 딸에게(한미란/부산 동구 수정동) ▶그리운 술빵(김자연/경북 상주시 낙양아파트) ▶남편을 믿었습니다(추양순/성남시 수정구 신흥2동) ▶고향 어머니 전화를 받고(이응춘/영등포구 신길동) ▶선생님 여보(이재영/대구 남구 대명동) ▶산적과 우렁각시(김은경/인천 부평구 갈산2동) ▶첫눈에 반한 아내(석정훈/대구 수정구 지산동) ▶피는 물보다 진하다구(장영희/강원 태백시 황지1동) ▶쑥국(김혜란/구로구 고척동) ▶엄마의 밥그릇(허지수/부천시 원미구 중동) ▶그래도 언니는 대학을 나왔잖아(정미카엘라/동작 노량진동) 두▶ 안사돈의 미국 나들이(전민정/미국 애틀랜타 거주) ▶처남댁의 소망(이거북/분당 야탑동) ▶무료통화가 행복한 이유(이경수/전북 전주시 완산동) ▶유사품에 주의해라(정미현/경남 울산시 답동) ▶그놈의 잉어 때문에(김선미/경북 예천군 예천읍) ▶아랫동서에게(박은경/수필가) ▶아버지의 기침소리(임은수/수필가) ▶단골손님들(전영종/서울시 서대문구 북아현2동) ▶언니 왜 그렇게 살아(성지연/대전시 서구 복수동) ▶엄마의 진통제(김지애/부산시 동래구 온천동)